비혼이고요 비건입니다

비혼이고요 비건입니다

무해하게
잘 먹고
잘 사는 법

편지지 · 전범선 지음

무덤에서 정원으로

'어떻게' 나를 채울 것인가?

제주도 여행 중 배가 고파 한 순두부 가게에 잰걸음으로 들어선다. 하얀 순두부와 빨간 순두부를 비롯해 많은 종류의 두부 메뉴가 있다. 하얀 순두부에는 고기 육수가 들어가지 않는다는 사실을 확인한 뒤, 주문을 넣고 자리에 앉는다. 비건 옵션이 없는 식당에 오면 육식이 만연한 주류 사회를 체험하는 것 같아 괜히 뻘쭘하다. 스테인리스 물컵, 플라스틱 물병, 소주 광고 포스터가 있는, 평범하고 익숙한 한국 식당의 풍경이다. 유광 코팅이 된 나무 식탁은 약간 끈적하다. 식탁과 비슷한 질감의 관처럼 생긴 수저 통이 있고, 옆에는 비닐봉지로 감싸진 큰 통이 있다. 이게 뭐지? 주변을 둘러본다. 고기나 해산물이 들어간 순두부를 먹는 사람들이 뼈다귀 혹은 조개껍데기를 그 통에 넣는다. 아, 쓰레기통이구나. 식탁 위에 쓰레기통이 있다. 채식을 시작한 뒤로는 보지 못한 모습이다. 문득, 너무 자연스럽게 쓰레기통을 식탁에 두고 식사를 하는 것, 식탁 위에 쓰레기통, 정확히는 동물의 뼈나 껍데기를 덜어내는 통, 즉 무덤이 있어야만 식사가 가능한 육식문화가 너무도 기이하다. 하얗고 뜨거운 두부 덩어리를 먹으며 나의 시선은 '무덤'에 고정된다.

　현대 식문화는 질보다 양, 극도로 가성비를 추구하는 입맛이 지배한다. 대중은 자극적인 배달 음식과 패스트푸드에 단단히 적응했다. 장내 생태계는 자연스레 엉망이 되어 온갖 질병에 시달린다. 과연 채식하면 맛을 포기해야만 할까? 많은 이들이 의아해 한다. 비건이 되면 시중에 먹을 수 있는 음식이 현저히 줄어드는 건 사실이다. 그러나 동물성 식품을 줄이기 시작하면, 자극적인 맛에 중독돼 죽었던 미각이 되려 깨어난다. 이유 없이 피하던 채소의 참 맛을 발견하며, 역설적으로 다채로운 미식의 세계에 들어선다. 풀떼기가 이리도 푸르고 향긋한 적이 있었던가? 이토록 입체적인 식감이었던가?

자연은 우리에게 부패한 시체가 아닌, 풍부한 영양소를 품은 먹거리를 제공한다. 육식은 오래된 관습으로 자리 잡아 작게는 몸의, 크게는 자연의 순환을 방해한다. 건강한 섭생과 운동으로 단련된 몸은 깨끗하고 의식적인 정신과 직결된다. '식사'라는 지극히 일상적인 행위를 '먹는 명상'처럼 수행하면 매끼를 특별하게 치르게 된다. 일용할 양식의 재료 하나하나의 모양, 색, 냄새를 세심하게 관찰한다. 땅에서 농부의 손을 거쳐 길러지고 수확되어 식탁에 오는 과정을 상상한다. 눈앞에 있는 음식은 흙에 저장된 방대한 네트워크와 교감하며 자양분을 얻는다. 채소를 섭취한 동물을 먹는 비효율적인 방식이 아닌, 직접적으로 작물을 선취하면 자연의 에너지는 고스란히 나의 몸에 귀속된다. 나의 몸은 죽은 동물의 무덤이 아닌, 정원으로 가꾸어 생명을 피우고 순환한다.

나는 저질스러운 식문화에 반발하고자 정성을 쏟아 요리한다. 간혹 부엌에서 오랜 시간을 지내면, 전통적인 여성의 역할을 수행하는 기분이 들 때도 있다. 요리하는 행위와 부엌이라는 공간은 항상 여성의 영역으로 간주된다. 하지만 방송에 출연하거나, 이름을 내걸고 식당을 운영하는 유명 셰프는 십중팔구 남성이다. 그들은 어렸을 적 부엌에 한 발자국이라고 들이면, "고추 떨어진다"라는 말을 듣고 자랐을 것이다. 또한 '집에서 요리나 하라'는, 요리의 미학적 가치를 폄하하고 여성을 멸시하는 언어도 난무하지 않는가. 이러한 모순적인 구조에 반기를 들고자, 자발적으로 부엌에 갇혀 성심껏 요리한다.

요리는 흔적 없는 예술이다. 맛과 향, 식감과 생김새로 오감을 만족시킨다. 모든 식물의 특성이 달라, 같은 재료로 요리해도 매번 미묘하게 다른 맛이 난다. 레시피는 기록으로 남길 수 있지만 음식 자체는 매번 새롭다. 매끼가 유일무이한 식사가 된다. 이 책에 나와 범선이 자주 먹는 끼니의 레시피를 담았다. 수록된 레시피는, 당신의 환경과 어우러지는 창의적인 실험을 위해 정확한 계량법을 지양한다. 대신, '적당히', '조금', '원하는 만큼' 따위의 수식어로 대체한다. 레시피에 의존하지 않고, 주어진 것들로 응용해보길 제안한다.

'무엇으로' 나를 채울 것인가?

내 몸을 추잡한 플라스틱 포장이 없는, 싱싱한 유기농 채소로 채우고 싶다. 건강한 토양에서 자라 벌레도 배를 채운 흔적이 있는, 자연의 날 것 그대로. 요리는 재료를 구입하는 과정부터 시작된다. 신선하고 건강한 작물을 농부에게 직거래로 공급받으면, 생산과 소비의 조화로운 순환이 흐른다. 지역 생산 유기 농산물을 소비하면 여러 가지 혜택이 따른다. 지역 경제를 활성화하고, 지역 일자리 창출에 기여하며, 식량 자주권 확립에도 도움이 되고, 궁극적으로 토양 생태계를 살린다.

대형마트에서 일회성 플라스틱 포장이 되지 않은 식품을 구매하기란 불가능하다. 농부와 직거래하거나, 협동조합을 이용하면 쓰레기 없는 신선한 작물을 구매할 수 있다. 도시의 많은 수요량을 충족시키기 위해 농부는 쉬지 않고 일하지만, 대기업 마트는 농작물을 헐값에 제공하게 강요하며 착취적인 구조로 운영한다. 개인의 선택은 소비의 흐름을 좌우시킨다. 자본주의의 편리에서 벗어나, 자주적이고 의식적인 소비를 지향할 때다. 문명화된 사회에 속한 우리에게 주어진 선택지는 충분하다. 문제는 무얼 선택하느냐에 달렸다.

이 책의 1부는 해방촌에 사는 세 식구, 지지 범선 왕손에 관한 이야기이다. 2부는 세상을 살리는 방법에 관한 고민이다. 이야기를 어떤 말로 시작할지 곰곰이 생각하다, 우리를 닮은 형식을 고안했다. 살림할 때 주로 내가 요리를 하고 범선은 설거지를 하듯, 나의 글로 시작해 범선이 마무리한다. 마찬가지로 책의 여는 말은 내가, 맺는 말은 범선이 지었다.

우리는 흔적 없이 자연으로 돌아가는 방법을 고민한다. 비거니즘은, 무해한 삶으로 나아가는 소박한 첫걸음이다. 기후우울증을 안고 살아가는 우리 세대의 가장 중요한 담론이다. 부담을 가지지 않아도 된다. 완벽한 비건은 어디에도 없다. 완벽한 비건 한 명보다, 비건을 지향하는 백 명이 실질적으로 이롭다. 요지는 포기하지 않고 사랑하는 마음에 달렸다. '고기'가 줄어들수록 사회에 널린 질병은 점차 치유될 것이다.

2022년 2월
편지지

차
례

PROLOGUE 무덤에서 정원으로 _ 4

Part 1.
먹고 사는 이야기

비건 아저씨 _ 14
아기, 자기 _ 24
Recipe 동치미 물냉면 _ 35
어느 날 그렇게 비건이 되었다 _ 36
먹이와 끼니 _ 47
Recipe 돌봄 스무디 보울 _ 57
비견 _ 58
사랑의 순환 _ 68
Recipe 귀리 바나나 팬케이크 _ 79
오늘의 살림력이 모두 소진되었습니다 _ 80
밥을 먹고 삶을 사는 일에 진심인 편 _ 91
Recipe 나물 된장 국수 _ 101
글루텐, 진실 혹은 거짓 _ 102
막국수 예찬론 _ 109
Recipe 들기름 메밀막국수 _ 119

Part 2.
먹고 살리는 이야기

무해한 사랑 _ 122

화이자 게임 _ 129

Recipe 토마토 비타민 수프 _ 147

대안 가족 _ 148

생명 공동체 _ 155

Recipe 템페 떡국 _ 167

비건 신이시여 _ 168

살리는 힘, 살림의 정치 _ 177

Recipe 코코넛 칠리 라멘 _ 195

버섯에게 큰절을 _ 196

전 버섯 _ 203

Recipe 새송이 버터 덮밥 _ 215

EPILOGUE 비거니즘은 살림이다 _ 216

part.1

먹고 사는 이야기

비거니즘은 사랑의 방법론이다.
느끼는 존재로서, 나보다 남을 위하는 마음으로
사랑하는 삶에 다가가고 싶다.

비건 아저씨

지
지

2018년 10월 14일, 동물해방을 향한 역사적인 사건이 있었다. 보신각에 수백 명의 사람들이 모여 서울 시내를 걸으며 동물의 권리를 촉구하는 '동물권 행진'. 동물권 단체 '동물해방물결'에서 주최한 행사였다. 당시에 나는 발리에 살며 잠시 한국에 들어온 초보 비건이었다. 한국 동물권 운동에 기여하고자 설레는 마음으로 참여했다. 너무 설레었던 나머지 택시를 타고 장소에 급하게 도착했는데 아무도 없는 허허벌

판이었다. '예수천국 불신지옥'을 외치며 서성이는 행인 뿐이었다. 행사 관계자와 아무런 연고도 없어 당황스러웠다. 알고 보니 행진 하루 전날이었다. 허탈한 마음을 달래며 청계천을 걷고, 가보고 싶었던 근처 비건 식당에 방문했다.

대망의 행진 당일. 보신각 공원이 비인간동물을 위해 나온 많은 사람들로 채워졌다. 어제의 허허벌판과 대조되어 더욱 감동적이었다. 어느 날 홀연히 채식을 선언한 나를 따라 비거니즘을 지향하는 대학 동기와 함께 보신각 일대를 걸으며 외쳤다.

"우리는 모두 동물이다!"

"지금 당장 동물해방!"

"느끼는 모두에게 자유를!"

수백 명의 목소리가 외치는 뜨거운 열기에 마음이 훈훈해졌다. 앞으로 비거니즘을 열심히 실천할 원동력이 채워지고 있었다. 행렬 옆으로 경찰들이 함께 걸으며 도로와 행진을 구분하고 보호했다. 그 사이에 한복을 입고 북을 치는, 유난히 목소리가 큰 남자가 있었다. 나는 속으로 생각했다.

'퍼포머티브하다. 행사 주최자인가? 행위예술가인가? 컨셉 질 쩌네.'

감동적인 걸음이 이어지다, 애도의 퍼포먼스가 전개되었다. 인간동물들이 매 초마다 죽어가는 존재들을 대변하기 위해 비인간동물의 탈을 쓰고 바닥에 무기력하게 쓰러졌다. 도살장의 소리, 고통의 신음이 재생됐다. 참가자들은 숙연한 침묵을 지켰다. 성황리에 행진이 끝나고, 내가 속한 단체 '비건 페미니스트 네트워크' 동료들과 함께 비건 식당에 가서 맛있고 윤리적인 식사를 하며 담소를 나눴다. 목소리가 우렁찬 그 남자(로 보이는 젠더퀴어일 수도 있지만 남성이라 패싱*했다.)는 그렇게 잊혔다.

그렇게 앵그리 비건** 시기를 거쳐 비건 내공을 켜켜이 쌓으며 살아가던 중, 인스타그램에서 익숙한 얼굴이 보였다. 몇년 전 동물권 행진에서 북을 치던 사람 같았다. 이름은 전범선. 자음 모음이 꽉 찬 이름에서 왠지 다가가기 어려운 기운이 들었다. 방송에 출연하고 무대에 올라선 사진이 보였다. 그는 해방촌에서 중고급 비건 사찰 음식점을 운영하고 있었다.

---

* **패싱(passing)** 외적 모습에 의해 사회에서 생각하는 성으로 받아들여지는 것
** **앵그리 비건(angry vegan)** 세상의 모든 것이 착취와 폭력으로 보여 시도 때도 없이 화가 나는 비건 단계를 비유적으로 일컫는 표현

더 보아하니 행진을 주최했던 단체 소속 철학 자문 위원이었다. 비건이니 반가운 마음에 인사치례하듯 팔로우를 눌렀다. 사진 작업물을 종종 올리는 부계정으로 팔로우해 소식은 뜸하게 접했다. 그는 얼마 뒤엔가 인사에 응하듯 나를 맞팔로우 했다.

또 시간이 흘렀다. 비건과 제로웨이스트의 천국과도 같던 발리 생활을 정리하고, 쉬었던 학업을 재개하고자 한국에 돌아왔다. 오랜만에 한국에 왔으니 그립던 한식을 섭렵하고 싶었다. 그동안 새로 생긴 비건 식당도 제법 많았다. 먹고 싶은 한식 목록에는 떡볶이, 김치찌개, 순두부찌개, 쌈밥, 강된장, 명이나물, 제철 나물 무침 등, 해외에서 구하기 힘든 식재료나 요리하기 쉽지 않은 음식이 있었다.

그 중 가장 먹고 싶은 음식은 바로 물냉면! 물냉면은 해외뿐만 아니라 한국에서도 비건으로 먹을 수 있는 곳을 찾지 못해 그리운 음식이었다. 비빔냉면은 웬만하면 계란과 육수를 빼서 '비건화'해 먹기 쉬운데, 물냉면은 인터넷을 아무리 뒤져도 찾지 못했다. 비건이 되기 이전에 냉면은 고기 먹을 때나 곁들여 먹었지, 따로 찾아 먹은 적은 없었는데. 냉면을 먹어야만 잘 살아갈 수 있을 것 같은 기분이 들었다. 너무 먹고 싶은 나머지 SNS에 도움을 청했다.

"바야흐로 여름, 냉면의 계절이 왔습니다. 비건 물냉면이 너무 먹고 싶어요. 채식한 뒤로 한 번도 먹지 못했어요. 어디서 먹을 수 있나요?"

비건 지인들이 좋아요를 눌러줬다. 아무도 답은 주지 않았다. 그리고 북 치는 사람이 메시지로 도움의 손길을 내밀었다.

"경리단길 ○○교자 냉면이 비건입니다. 계란 빼달라고 하시면 되어요."

중고급 사찰 음식점을 운영하는 사람이 추천하는 음식이라니. 며칠 뒤 기대를 가득 안고 경리단길로 향했다. 작은 프랜차이즈 만두집 안으로 들어가 성분표를 꼼꼼히 확인한 후, 계란을 빼달라 요청하고 자리에 앉았다. 가격은 6천 원으로 저렴했다. 우습게도 자본주의에 찌들어버린 나는 낮은 가격에 괜히 기대치를 낮추었다. 역시나 물냉면은 다시 찾지 않을 법한 인스턴트 냉면 맛이었다. 내가 기억하는 물냉면의 맛과 거리가 멀었다. 너무 달고 면발도 질겼다. 그러나 우스갯소리로 '남기면 논비건(음식물 쓰레기의 양이 매일 기하급수적으로 증가하고, 이에 따른 환경 오염과 생태계 파괴가 비거니즘의 지향점과 상반된다. 따라서 남길 바에 과하게 먹지 않거나, 가능하면 음식물을 남기지 않는 것이 비건 식사라는 농담.)'이라 국물까지 다 먹었다. 북 치는 사람에 대한 신뢰도가 떨어졌다. 깨끗하게 비운 그릇을 뒤로 한 채 식당을 나섰다.

결국 만족스러운 냉면을 먹지 못하고 여름이 지나갔다. 학교에 복학하고 학업과 일을 병행하며 바쁜 나날을 보냈다. 발리에서 만나던 애인과 관계를 정리하며 약간 슬프고 외로웠다. 틴더로 몇 명을 만났지만 '비건'이라는 최소 조건을 충족시키는 사람은 아주 드물었다. 사실 없었다. 논비건과 데이트하며 비건이 되게끔 설득하는 패턴이 지겨웠다. 함께 편하게 식사조차 할 수 없는 사람과 만나긴 싫었다. 그러다 어느 날, 북 치는 사람이 새벽 네 시에 메시지를 보내왔다.

"지지 님 안녕하세요? 예전부터 생각만 하다가 연락드려요. 한번 만나 뵙고 싶어요. 어떤 분인지 궁금합니다. 예술과 운동의 접점을 고민하시는 모습이 반가웠어요. 차 한 잔 하면 좋겠습니다."

뭐야 이 비건 아저씨는? 나보다 최소 열 살은 족히 넘어 보이는 수염이 아주 긴 아저씨가 이 시간에 메시지를 보내오다니. 낌새가 께름칙했다. 이내 생각했다. 한 번쯤은 만나보는 것도 나쁘지 않겠지. 비거니즘을 전파하며 나보다 활발하게 운동하는 사람처럼 보이는데, 좋은 비건 동지가 될 수 있으리라.

"안녕하세요 범선 님! 저도 같은 생각이에요. 차 좋지요."

"어느 동네 사세요?"

"잠실에 삽니다. 범선 님은요?"

"해방촌 살아요."

"아하 이태원에 작업실이 있어서 종종 가요. 근방에서 만나면 좋겠네요."

"저는 낮에는 책방에 있다가 밤에 이태원으로 넘어가요. 내일도 오시나요?"

'양반들'이라는 록 밴드 활동을 하며 선비처럼 수염이 덥수룩한 남자가 당장 내일 급하게 만나자고 하니 갑자기 부담스러워졌다. 어떻게 둘러대야 약속을 미루다 끝내 만나지 않을 수 있을까, 고민을 거듭하다 끝내 답변했다.

"다음 주 금요일 저녁 즈음 어떠세요?"

"좋아요. 010 - **** - **28. 그날 뵙지요."

며칠 뒤 한남동에 위치한 한 비건 식당에서 만나기로 약속을 잡았다. 2년 전 당시 만나던 애인과 가보았던 데이트 명소였다. 북 치는 사람과는 그저 '비건 식사'를 한다고만 생각했다. 약속 당일, 오랜 시간 고된 노동에 지쳐있었다. 일을 마치고 어색한 사이인 남자를 만나러 금요일 밤의 한남동으로 가려니 벌써부터 피로가 몰려왔다. 코로나19 확진자랑 접촉했다 거짓말을 쳐버릴까 머릿속으로 시뮬레이션을 돌렸다. 결국 약속 장소에 도착했다. 사진으로 보던 것보다 수염 숱이 훨씬 짙은 남자가 시큰둥한 얼굴을 하고 앉아있었다.

"안녕하세요. 지지예요. 편지지. 늦어서 죄송해요."

"아닙니다. 괜찮아요."

팬시한 저녁 식사 후 우리는 해방촌으로 향했다. 술집으로 들어가 칵테일을 한 잔씩 주문했다. 잔을 비운 후, 다른 술집으로 자리를 또 옮겼다. 네 번째로 향한 곳은 북을 치고 수염이 긴 사람의 해방촌 작업실이었다. 또 술을 마셨다. 둘 다 주량이 맥주 반 병도 안 되는 주제에 술을 꽤나 마셨다. 술의 힘을 빌려야 대화가 풀렸다. 어지간히 긴장을 했거나 어색했던 모양이다. 그렇게 새벽을 지새우며 한참을 대화했다. 술에 많이 취해서 정확히 어떤 이야기를 나누었는지 기억이 흐릿하다.

한 가지 생각 나는 건, 나는 아무 말도 하지 않았는데, 그가 갑자기 고해성사하듯 수염에 대해 설명하던 순간이다.

"학창 시절 내내 지속된 기숙 생활에 군대까지 가느라 '털'을 마음대로 길러본 적이 없다. 그래서 군대 제대 후 지금까지 줄곧 수염을 길러왔다. 본인에게 수염은 자유의 상징이다. 하지만 현대 사회에서 자신의 수염이 전혀 다른 맥락으로 읽힐 여지가 있어 고민이다. 이만큼 길렀으면 수염이 제 역할을 할 만큼 한 것 같다."

어쩐지 페미니스트인 내가 통쾌하게 밀어버리라고 말하기를 바라는 뉘앙스였다. 나는 답했다.

"수염에 남근이 꽁꽁 뭉쳐 있으시네요."

이틀 뒤, 지인의 전시회에 초대받았다. 전시장 내부에서 몸에 있는 모든 털을 왁싱하는 퍼포먼스가 펼쳐졌다. 수염남도 동행했다. 그는 털이 뜯겨 맨살이 드러나는 장면을 한참 동안 면밀히 바라보았다. 전시를 관람하고 우리는 해방촌 작업실로 향했다. 가부장제에서 남성의 털이 상징하는 바를 다시금 고민한 걸까? 그는 떨어져 나가는 털들을 보며 속이 시원했다며 내게 수염을 잘라 달라 부탁했다. 나는 흔쾌히 응했다. 뭉텅이로 자른 수염의 길이는 거의 내 손가락 길이만 했다. 서비스로 6070 록스타처럼 예쁘게 앞머리도 내주었다. 말끔히 면도를 하고 귀여운 앞머리를 내리니, 수염에 가려졌던 제 나이를 찾고 회춘했다. 수염 뭉치를 들고 옥상으로 올라가 불을 붙였다. 2020년 10월의 어느 날, 밤하늘 아래 남근 화형식이 거행됐다. 그것은 '나의 남근을 거세해서라도 당신에게 한 몸 바칠 준비가 되었어요. 나를 마구 가다듬어 주세요.'라는 뜻이었다. 그날부터 우리는 한 달 동안 매일, 하루도 빠짐없이 만났다.

아기, 자기

범
선

누군가를 사랑하는 것은 아기가 되는 일이다. 무조건적인 사랑이 아닌 이상, 사랑하면 사랑받고 싶다. 사랑에 대한 갈망은 갓난 아기 때의 기억을 호출한다. 가장 연약하고 불안했던 시절을 상기한다. 어머니, 아버지에게 생명을 의지할 수밖에 없었던 처지. 포유류 새끼로서 피할 수 없는 운명이다. 모체로부터 분리되어 세상으로 발사된 후 겪어야 했던 곤경. 하나가 둘이 되어 느끼는 외로움. 그때 모부의 사랑과 돌봄은 크나큰 안정을 준다. 누구나 가끔은 아기로 돌아가고 싶다. 나의 치부를 드러낸 채 남에게 안기고 싶다. 사랑은 나의 부끄러움을 유보하고 부드러움을 노출한다. 연인이란 서로를 아기처럼 대하는 관계다. 그래서 팝송은 대부분 베이비타령이다. 저스틴 비버의 노랫말처럼 "가슴이 무너져도, 계속 부를 수밖에 없다. 베이비, 베이비, 베이비 오. 베이비, 베이비, 베이비, 노."

누군가의 베이비로 거듭나는 길은 험난하다. 첫 만남부터 아기처럼 굴면 상대가 부담스러워 한다. 젠더 문제도 있다. 가부장제 사회에서 성인 남성은 아기보다는 가장, 즉 어른의 역할을 요구받는다. 연인 관계에서도 마찬가지다. 아기처럼 행동하면 남자답지 못하다는 평가를 당한다. 반대로 성인 여성이 그러면 호평이 따른다. 애교란 '말이나 행동을 상냥하고 사분사분하게 하여 귀엽고 사랑스러운 상태. 주로 여자의 언행에 대해 이르는 말'이다. 귀엽고 사랑스러운 상태에 도달하기 위해 나는 남자다움을 거스를 수밖에 없다. 권위적이고 딱딱한 허울을 벗고 조신해져야 한다. '너는 나의 베이비'라고 부르기 전에 나 또한 베이비임을 긍정해야 한다. 부드러움을 부끄러워하지 않아야 한다.

지지의 첫 인상은 딴딴했다. 나는 사진으로 그를 접했다. 2020년 2월 14일, 발렌타인 데이였다. 세종문화예술회관 앞 계단에서 웃통을 벗은 채 왼손에 연막탄을 높이 들고 서있었다. 초콜릿이 수반하는 소들의 강제 임신과 모성 착취를 비판하는 시위였다. 가슴에는 피를 연상시키는 붉은 페인트가 칠해져 있었다. 소고기 만큼이나 소젖의 비윤리성을 강조하는 비거니즘의 핵심 메시지를 체현했다. 나는 그의 카리스마에 놀랐다. 특히 표정에서 나오는 단호함이 뇌리에 박혔다. 경찰은 여성 시위자의 상체 노출을 막기 위해 에워쌌다. '탈조선'적 장면이었다.

인스타그램에는 지지의 두 가지 자아가 활동하고 있었다. 내가 팔로우한 건 @jijipyun. 'Observation Book'이라고 설명되어 있다. 주로 관찰하고 촬영한 것들을 모아두는 계정으로 짐작했다. 언젠가부터 나를 팔로우하길래 나도 맞팔했다. 또 하나는 @jijihatesyou. 이름처럼 도발적이다. 본인의 사진들, 대부분 모델로 촬영한 화보나 협찬 받은 제품의 직간접적인 광고다. 누군지도 모르는 나를 이미 싫어한다는 저 계정 이름에서 드러나듯이, 지지는 당당하고 파괴적이었다. 사진 아래 들어간 캡션은 영어와 한국어를 오가며 선포했다.

한국, 아니 세계의 모든 가부장적 굴레를 벗어던지고 자신의 몸과 말과 작품으로 균열을 내겠다고. 너가 누구인지는 모르지만 너도 그 체제의 일부이기 때문에 너를 싫어한다고. 나는 @jijihatesyou는 팔로우하지 않았다. 그 계정이 나를 선팔하지 않았기 때문이다. 나를 싫어한다는데 굳이 내가 먼저 '추종'할 필요는 없지 않은가.

8개월 뒤, 지지의 실물을 처음 접했을 때, 나는 무서웠다. 사이보그 같았다. 무표정으로 일관했다. 가끔씩 웃었지만, 그것마저도 철저히 계산된 것처럼 보였다. 비건 페미니스트 운동가를 만나러 가면서 애교를 기대한 것은 아니었다. 그러나 지지의 외모는 금속성에 가까웠다. 잡지 화보 촬영을 마치고 온 직후라서 유난히 그래 보였을 수도 있다. 헤어, 메이크업, 패션 모두 반짝 빛났다. 사진에서는 딴딴하다고 느꼈던 이목구비가 실제로는 딱딱해보였다. 찔러도 피 한 방울 안 나올 것 같았다. 나는 몸을 사렸다. 정치적으로 올바르지 않은 말을 뱉지는 않을까. 눈치를 봤다. 가부장적이지 않게 보이려고 애썼다. 지지는 나를 경계하는 것 같았다. 비건 운동을 하는 예술가라는 공통 분모 외에는 서로 아는 것이 없었다. 나 역시 지지를 경계했다. 어디까지 솔직해야 할지 걱정이 앞섰다.

나를 있는 그대로 드러내기 쉽지 않았다

"나도 예전에 그 잡지 촬영했어요. 어디 어디 비건 식당 가
봤어요? 누구누구는 어떻게 알아요? 어떤 음악 좋아해요? 언
제부터 비건이었어요? 한국에 들어온 지는 얼마나 되었어
요? 발리랑 파리 말고도 살아본 곳이 있어요? 맞아요. 저도
영국 살 때 재밌고 좋다가도 일종의 명예 백인이 된 것 같아
서 현타 오고 그랬어요. 태국은 어디까지? 빠이 가봤어요? 남
미는 저도 아직 못 가봤어요. 구애인이랑 헤어진 지 저도 얼
마 안 되었어요. 맞아요 저도 모노가미*는 자연스럽지 않은
것 같아요. 저는 아직은 남자한테 끌린 적은 없어요. 코로나
때문에 한국 들어온 거에요? 아직 학생이시구나. 저는 저랑
또래인 줄 알았어요. 저도 사이키델릭 록을 제일 좋아해요.
테크노도 괜찮아요. 한국에서는 절들이 엄청 트리피하죠. 국
내 여행은 많이 안 다녀봤어요. 이제 나가지도 못하니까 이
참에 많이 다녀보려구요. 같이 가요. 해방촌 가서 한 잔 더 할
래요?"

<hr>

* **모노가미** 연인 관계에서 1대 1로만 만남을 갖고, 그 외의 만남을 허용하지 않
는 형태. 반대 개념으로는 '폴리가미', '폴리아모리'가 있다.

처음 만난 날, 우리는 새벽 여섯 시까지 이야기하다 잠들었다. 대화는 사람의 얼굴에 담긴 얼을 밖으로 꺼낸다. 눈으로 볼 수 없는 영혼을 보여준다. 지지의 얼은 딱딱하지 않았다. 생각보다 유연했다. 나의 마음과 잘 어울렸다. 이후 한 달간, 우리는 매일 만났다. 이대로는 안 되겠다 싶어 동거를 시작했다. 한 지붕 아래 있으니, 숨을 곳이 없었다. 숨기고 싶은 부끄러운 면모도 노출됐다. 그전까지 만났던 지지는 집 밖의 지지였다. 스위치가 켜진 상태였다. 오프 상태의 지지, 집 안의 지지는 달랐다. 때로는 우울하고, 강박적이었다. 무엇보다 불안한 존재였다. 침대 속에서 한동안 움직이지 않았다. 갑자기 눈물을 쏟기도 했다. 그럴 때마다 자신의 모습이 창피하다며 자책했다. 내가 할 수 있는 건 안아주는 것뿐이었다. 나아질 거라 믿고, 나아질 거라 말했다. 미안해, 용서해 줘, 고마워, 사랑해를 되새겼다. 지지는 그렇게 나의 베이비가 되었다.

동시에 나도 그의 아기로 변모했다. 우선 수염을 밀었다. 지지는 털을 좋아하지 않는다. 코와 턱, 겨드랑이와 사타구니 모두 말끔히 정리했다. 나의 의도와 상관없이 수염은 남성성의 증거이며, 코털과 겨털은 특권의 상징이다. 모두 가부장제 사회에서 나를 아기보다 가장에 가깝게 연상시키는 이미지다. 맨들맨들한 몸으로 바뀐 후, 지지는 나를 베이비라고 부르기 시작했다. 정확히는 베입비였다. 그게 더 귀엽다고 했다. 외출했다 돌아올 때면 달가운 목소리로 '베입비~'를 외쳤다. '베입'이 '비'보다 3도 정도 높은 음이었고, '비~'가 '베입'보다 두 배 정도 길었다. '비~'는 끝음을 위로 올려서 결국 '베'와 같은 피치에 도달했다. 나는 그 소리가 좋았다. 사랑받고 있다는 가장 확실한 증거였다.

아기가 되었기에 나는 치부를 온전히 드러냈다. 정글과도 같은 바깥 세상에서는 차마 못할 언행을 집안에서 일삼았다. 아빠 사진을 보다가 괜히 울음보를 터뜨렸다. 나체로 괴상한 춤을 췄다. 바닥에 엎드려서 안아달라고 졸랐다. 포옹과 입맞춤으로 베입비 인증을 받을수록 나는 철없이 행동했다. 남들이 들으면 어처구니없을 자화자찬을 늘어놓았다. 사회적 역할을 수행하느라 꾹 눌러두었던 나의 참모습을 여과없이 분출했다. 남자다움과 어른스러움을 거둬내니 아기만 남았다. 베입비로서 나는 자유를 만끽했다. 눈치보지 않고 사랑을 갈구했다. 점점 더 갓난 아기에 가까워졌다.

둘의 몸이 하나 되는 의식을 반복했다. 말을 섞어서 얼을 잇는 작업도 병행했다. 더이상 설명하지 않아도 서로 무슨 생각을 하는지 알 수 있었다. 한마음, 한뜻이었다. 언젠가부터 지지는 '베입비' 대신 '자기야'를 썼다. 나를 아기라고 부르지 않고 자기라고 불렀다. 상대를 나라고 칭하는 것은 모순이다. 1인칭을 2인칭으로 쓰는 것이다. 오직 너와 내가 하나일 때만 성립한다. 엄마 배 속에 있을 때, 나는 말 그대로 엄마와 하나였다. 가장 원초적인 사랑의 형태다. 지지가 나를 '자기'라고 부를 때, 나는 그와 하나됨을 느낀다. 분리된 두 영혼이 잠시나마 합쳐진다.

집안 살림의 기본은 식구를 모시는 것이다. 나는 지지를 자기라고 부름으로써 내 안에 모신다. 공손히 받들어 섬긴다. 폭력으로 하나되는 것이 식민이라면 사랑으로 하나되는 것은 모심이다. 식구는 같은 밥을 먹는다. 고로 같은 것을 몸 안에 모신다. 서로 모시고 같이 모시는 것이 살림이다. 사랑하는 이를 아기처럼, 자기처럼 대하는 것이다. 탯줄이 잘린 나를 처음 본 임인숙, 전남용의 마음이 어땠을지 나는 모른다. 하지만 그것이 살림의 근원이자 결과이며 사랑의 원형이라고 확신한다.

세상 모두가 서로를 사랑하며 식구로 모실 때. 주체가 타자를 아기, 자기로 부를 때. 그 모습은 상상만 해도 참 아기자기하다. '여러가지가 어울려 아름답고 예쁜 모양'이다. '여보(여기 보오)', '당신'과는 다르다. 아기, 자기는 선을 긋지 않는다. 아와 비아의 구분이 없다. 아기자기의 정확한 어원은 알 수 없지만, 여러 사람이 어울려 아기, 자기 부르는 것만큼 아름답고 예쁜 모양이 있을까? 우리는 모두 누군가의 아기, 자기 아닌가? 나는 귀엽게 늙고 싶다. 아기자기한 삶을 꿈꾼다.

동치미 물냉면

× × ×

비건도 물냉면 먹을 수 있다고요.
그것도 너무 쉽게!

READY **동치미 | 생냉면 | 표고버섯 | 사과 | 생강 | 다시마 | 설탕
식초**

---

1. 물에 다시마, 표고버섯, 사과, 생강을 넣고 푹 끓여 채수를 낸다.

2. 채소를 건져낸 채수를 냉동실에서 30분에서 한 시간 정도 살얼음이 생길 때까지 얼린다.

3. 표고버섯을 얇게 썰어 기름을 두른 팬에 볶는다. 간장 한 숟갈을 뿌려 살짝 태운다.

4. 면을 삶고 찬물에 헹궈 그릇에 담는다.

5. 채칼로 얇게 저민 동치미 무, 잘게 채 썬 사과와 버섯 고명을 얹는다.

6. 면 위에 살얼음 낀 동치미 국물을 얹는다. 기호에 따라 설탕이나 식초를 더해 먹는다.

어느 날 그렇게
비건이 되었다

지
지

6년 전, 1년 넘는 시간 동안 끔찍한 데이트 폭력을 당했다. 매일 반복되는 폭력에 나의 몸과 마음은 지독하게 병들었다. 식욕 저하가 심해 아무것도 먹질 못했다. 170cm의 키에 44kg까지 살이 빠져 앙상하게 뼈가 보였고, 죽음만 바라보며 겨우 살아있었다. 면역력이 떨어져 입술에 포진이 사라지지 않았다. 삶에 대한 모든 희망이 사라져버려 침대에서 나오는 일조차 버거웠다. 신경쇠약, 우울증, 불안증, 공황장애에 시달리며 건강은 나날이 악화되어 갔다.

인생 최악의 정점을 달리던 어느 날, 발가락에 물집이 생겼다. 면역력 저하와 스트레스로 인한 후천적 한포진이 발병했다. 참을 수 없이 간지럽고 아팠다. 작열통과 흡사한 통증에 밤새 물집이 터지고 피가 날 때까지 긁느라 잠을 설쳤다. 터진 수포는 옆 발가락으로 옮겨갔고 발바닥까지 퍼져 상처가 갈라지고 고름이 생겼다. 마음의 고통이 피부로 발현된 모습이었다. 살면서 이렇게 극심한 통증은 처음이었다. 발가락을 절단해 버리고 싶을 정도로 고통스러웠다. 신발을 신으면 아파서 앞이 뚫린 슬리퍼만 신었다. 양말을 신으면 고름이 달라붙고, 상처의 몰골이 너무 흉측하게 보여 발에 붕대를 칭칭 감아 발을 감췄다.

아픈 발을 이끌고 유명하다는 병원을 모조리 찾아갔다. 피부과, 내과, 한의원⋯. 한약의 비싼 약 값과 더딘 약효에 비해, 양약의 짧고 굵은 진통 효과에 중독되었다. 스테로이드 계열의 양약을 도포하면 일시적으로 통증이 가라앉을 뿐, 금세 약에 내성이 생겨 증상은 악화되었다. 가뜩이나 심리적으로 고달픈데 몸까지 말썽이니, 사는 게 너무 가혹하게 느껴졌다. 죽으면 모든 게 해결될 것만 같았다.

죽지 못해 살아서 오랜 시간 병원에 내원하던 중, 문득 모든 병원의 선생님들이 공통적으로 요구하는 사항이 있다는 걸 알아챘다. 그건 바로 고기와 유제품을 자제하라는 것이었다. 동물성 식품은 알레르기를 유발하는 성질이 있으니 예민한 피부병이 있을 땐 멀리하기를 권고했다. 조금이라도 통증이 가라앉길 바라는 절박한 심정에 바로 육식을 중단했다. 그렇게 며칠이 지났을까, 기적 같은 현상이 나타났다. 발가락의 가려움이 현저히 줄어들었다. 2년 동안 아주 많은 약을 발라보고 병원에 들락거려도 나빠지기만 하던 병이 처음으로 호전 증세를 보였다. 여전히 아프고 간지러웠지만 감내할 만한 정도의 괴로움이었다.

가족의 도움으로 가해자 고소 절차를 밟기 시작했다. 증거를 수집하느라 내가 겪었던, 여전히 겪고 있던 폭력을 계속 마주하는 과정을 거쳤다. 심지어 담당 형사에게 "가해자가 불쌍하지도 않냐. 용서해 주면 안 되냐"라고 연락이 오기도 했다. 몇 주 뒤, 가해자가 구치소에 수감되었다. 매일같이 그의 모부가 고소 취하를 요구하며 찾아와 집 밖을 나설 수 없었다. 하도 신고를 하는 바람에 동네 경찰관들의 얼굴을 전부 외웠다. 몇 달 뒤 가해자는 집행유예로 풀려났다. 유독 성범죄자에겐 관대한 솜방망이 처벌 사례를 익히 알기에 기대는 하지 않았지만, 직접 치른 현실은 충격과 공포였다. 가해자는 출감 후 지옥 같은 문자를 보내왔다. 나는 무시하고, 또 무시하다, 번호를 바꾸고, 이사를 갔다. 연락이 닿을 모든 경우의 수를 전부 차단하고 한동안 숨어 지내야 했다. 나를 감추는 일에는 이미 익숙했다.

고장 난 몸을 고치려 의식적으로 채식에 도전했다. 한포진 환자 카페에 가입해 정보를 모색했다. 수많은 환자들이 치료를 위해 고기나 동물성 식품 섭취를 억제하고 있었다. 물론 그에 따른 효과를 보았기 때문이다. 사람들이 겪는 음식과 몸의 관계를 조금씩 이해해가며, 건강한 몸에는 섭식이 가장 중요하다는 당연한 사실을 처음 자각했다. 내가 어떤 음식을 먹느냐에 따라 몸에 그대로 드러난다는 자명한 이치를 깨달았다. 매일 요가와 명상을 하며 마음을 다스리니 10년 동안 앓던 병이 완치되었다는 후기도 있었다. 나와 같은 병을 앓다 쾌유되었다는 사람들의 식이요법을 따라했다. 육류를 줄이고 가공식품도 줄이니, 끝이 안 보이던 한포진이 천천히 나아지고 있었다.

그뿐만 아니라, 평생 시달리는 바람에 약간 적응해버린 과민성 대장 증후군도 완화되었다. 변비 혹은 설사가 아닌 정상적인 배변 활동을 매일 할 수 있다니! 보통의 사람들은 매일 이런 짜릿함을 느끼며 살아왔다니! 평생 쾌변을 해온 사람들에게 왠지 모를 배신감마저 들었다. 주체적으로 성취한 건강을 통해 희망을 보았달까. 조금씩 의식적으로 섭생하며 매 끼니 경외감과 충만함에 가득했다. 몸이 좋아지니 마음도 함께 아물기 시작했다. 요가와 명상을 병행하니 치유에 가속도가 붙었다. 죽지 못해 살아있다가, 꽤 살만해지니 건강해지고 싶다는 욕구가 끓었다.

육식을 중단하고 드라마틱한 신체적 변화를 겪으며, 더욱 열정적으로 섭생을 공부하고 싶었다. 도대체 고기가 왜 이렇게 해로운지, 그동안 어떻게 고기를 먹으며 살아온 건지 궁금해졌다. 호기심과 욕망 자체가 오랜만이라 무척 들떠있었다. 학교 도서관에서 채식 관련 서적을 닥치는 대로 읽었다. 대부분 건강 요법, 채식 위주의 도서를 접하다가, 알고리즘의 영향으로 나의 인생을 바꾼 책을 만났다. 미국의 사회심리학자 멜라니 조이의 저서 《우리는 왜 개는 사랑하고 돼지는 먹고 소는 신을까》.

멜라니 조이는 '육식주의'라는 개념을 제시하며 우리가 끊임없이 육식을 정당화하며 혐오감 없이 동물을 먹는 행위에 대해 질문을 던진다. '식용 동물'과 '반려 동물'의 구분은 무엇인지, 육식이 자연스러운 행위라면 영아 살해와 살인, 식인 풍습 역시 자연스러운 것인지. 인간이 설정한 먹이사슬의 모순에 대해 의문을 제기한다. 그리고 도살장에서 근무한 노동자가 겪는 비인도적 근무 환경과, 그로 인한 정신적 트라우마를 자세하게 서술한다.

이 책에서 나는 '동물권'이라는 개념을 처음 접한다. 동물도 권리를 가질 수 있고, 나처럼 얼굴이 있고, 숨을 쉬고, 쾌고 감수성을 지닌, 고통을 느끼는 존재라는 사실을 처음 깨달았을 때의 충격이 아직도 생생하다. 공장식 축산으로 대량 학살되는 동물은 짧은 생애 동안 앉지도 서지도 못하는 몸집만 한 철창에 갇혀, 평생을 배설물에 뒤덮여 비위생적인 환경에 노출된다. 비좁은 감옥이 그들 세계의 전부다. '고기'가 되기 위해 계획된 상품으로 태어나 항생제와 오물 따위의 사료가 주입된다. 자연 수명의 10분의 1도 안 되는 시간을 아품에 몸부림치다 잔혹하게 도살된다. 그들의 신음으로 얼룩진 피는 감쪽같이 삼겹살로, 치킨으로, 꽃등심으로, 가죽으로 둔갑한다.

동물이 처한 삶은 아무도 내게 가르쳐주지 않은 이야기였다. 내가 먹어온 음식이 어떤 과정을 거쳐 식탁에 오게 되는지 생각이나 해본 적이 있었던가? 고기를 끊는 과정은 크게 어렵지 않았다. 본래 닭발이나 순대, 곱창 같은 음식을 역하다는 이유로 못 먹는 식성이었다. 하지만 유제품이 첨가된 디저트나 빵을 끊는 과정은 쉽지 않았다. 간간이 유혹을 견디지 못하고 먹고 나면 아프기 십상이었다.

동물권을 공부하다 우유가 어떤 과정을 거쳐 생산되는지 알게 되었다. 낙농업에서 여성 소는 강제 임신, 즉 강간을 통해 출산한다. 평생 출산과 강제 착유를 반복하다 상품성이 떨어지면 도살되어 고기가 된다. 여성 소가 출산한 아기 소는 성별에 따라 고기가 되거나, 새로운 '젖 짜는 기계'가 된다. 이 사실을 알게 된 이후, 자발적으로 소의 젖을 입에 대지 않는다.

사람들은 '계란은 생명을 해치지 않는데, 먹어도 괜찮지 않을까?' 의문을 가진다. 하지만 계란도 다를 바 없다. 생물학적으로 보면 계란은 여성 닭의 '월경 부산물'이다. 본래 닭은 한 달에 한 번꼴로 무정란을 낳는 동물이었지만, 인위적인 유전자와 호르몬 조작을 거듭하며 지금은 하루에 한 번 알을 낳게 되었다. 기형적으로 가속화된 신체적 변화에 닭들은 알을 낳느라 영양소가 부족해 뼈가 부러지고, 죽음에 쉽게 노출된다. 그렇게 태어난 여성 병아리는 '알 낳는 기계'가 되어 출산을 반복하다 죽으면 치킨이 된다. 재생산권이 없는 남성 병아리는 상품성이 떨어진다는 이유로 태어나자마자 분쇄기에 갈려 치킨 너겟이 된다. 좁은 철창이 아닌 초원에서 자란 '방목 유정란'도 결국 닭이 원치 않는 죽음을 초래한다. 결과적으로 계란은 닭을 죽인다. 그래서 나는 닭을 죽이는 닭알과 소를 죽이는 소젖도 먹지 않는 비건이 되었다.

　'페미니즘'이라는 새로운 시각으로 가부장제 사회를 마주할 때처럼, '비거니즘'이라는 새로운 안경을 쓰니 세상이 달리 보였다. 가정 폭력과 데이트 폭력을 겪으며 항상 피해자로만 살아오던 내가 처음으로 가해자의 위치에 서게 되었다. 인간을 중심으로 돌아가는 세상에서 비인간동물은 나와 비교도 되지 않는 처지다. 그들은 저항할 기회조차 박탈당한다.

'고기'라는 주어진 삶 외에는 선택지가 없다. 내가 허약한 상태일 때, 고기로 뭉쳐진 죽음이 사나운 형상으로 발에 나타났다. 나는 죽음을 똑똑히 보았다.

'육식'이라는 무시무시한 자본주의적 이데올로기 앞에서 나는 너무나 무력했다. 당장 내가 소비를 멈춰도 몇십억 인구의 입에 들어가기 위한 동물들이 매 순간 사라지고 있다. 편의점에 가서 동물성 성분이 들어간 상품을 보면 도살 과정이 상상돼 눈물이 차올랐다. 며칠간은 음식을 먹는 행위가 비참하게 느껴졌다. 길을 걷다 시야에 들어오는 고깃집, 치킨 집, 해장국 집, 모든 음식점이 폭력으로 보였다. 거리에서 풍기는 냄새조차 맡기 버거웠다. 온 세상이 착취로 양산된 허망한 비극이었다.

오래도록 폭력의 굴레에서 벗어날 유토피아를 찾아 헤매었다. 괴로움에서 벗어나고 싶은 마음에 이리저리 떠돌고 곧잘 숨기도 했다. 하지만 내가 누군가에게 폭력을 가하고 있는 한 결코 해방될 수 없었다. 모두가 아닌 나만의 자유는 공허했다. 누군가를 배제하는 자유, 질서 없는 자유는 성립하지 않는다. 나에게 페미니즘이 세상과 공존할 수 있는 연결고리가 되었다면, 비거니즘은 그 고리를 확장하는 역할을 한다.

죽은 동물을 밥그릇에 두고 평화를 말하거나, 편의 앞에 죽음이 묻히는 행태를 방관하고 싶지 않다.

비거니즘을 만나고 내가 염원하던 삶의 조화를 배우는 중이다. 누군가를 짓밟고 사랑을 외치던 나는 항상 무언가 놓치는 기분이었다. 이제는 안다. 누구도 완벽한 비건이 될 수는 없지만, 각자의 위치에서 다른 존재를 도태하지 않는 방향을 고민할 수 있다. 종을 아우르는 평등을 꿈꾸며 사랑의 광범위한 의미를 깊게 배운다. 매일 사라지는 동물을 기억하며 고통 없는 식사를 수행한다. 이 영험한 의식을 통해 나의 영혼은 무한대로 맑아지고 성장한다. 비거니즘은 사랑의 방법론이다.

인생의 전환점이 되어 나를 깨끗이 변모시킨 질병과, 궁극적으로 충만함을 영위하게 해준 일련의 사건들에 감사하는 마음이다. 지금은 불과 몇 년 전만 해도 내일이 오는 것이 두려워 잠에 들기 싫던 나의 모습이 희미하다. 물론 폭력이 없었으면 훨씬 좋았겠지만, 고통을 겪어봤기에 다른 존재들의 고통에 공감할 수 있다. 위로하고 사랑할 수 있다.

피해자에 머물러 있지 않기를 선택한 이후 나는 해방을 맞이했다. 피해자성을 받아들이는 것과, 피해자의 위치에서 정체하는 것은 다르다. 책망하는 대상에게서 진심 어린 속죄를 바라는 이상 나는 누구도 용서할 수 없다. 기대하는 마음은 절대 충족되지 않기 때문이다. 같은 이유로 나는 가족을 용서했고, 과거의 연인을 용서했고, 친구를 용서했고, 그 외 수많은 이들과, 가해자들을 용서했다. 그제서야 나 또한 용서받을 수 있었다. 내가 아니면 누가 그들을 용서할 거란 말인가? 그들이 용서받지 못한다면, 누가 날 용서할 것인가? 날 피해자의 위치에 있게 한 대상을 원망하는 것에서 더 나아가, 이 분노를 통해 나의 삶을 찾고자 한다. 원망하는 주체와 분노하는 주체는 용서하는 행위로 구분된다. 충분히 미워했고, 더 이상의 원망은 나의 소실을 야기한다.

　고통을 느끼는 이들과 연대할 때, 가장 순수한 형태의 위안을 느낀다. 그 연대의 형태는 한 끼의 비건 식사를 하거나, 가죽이나 모피를 소비하지 않거나, 동물실험을 반대하거나, 쓰레기를 덜 만들거나, 기부를 하거나, 동물원 철폐하는 게시물 공유가 될 수도 있다. 느끼는 존재로서, 나보다 남을 위하는 마음으로 사랑하는 삶에 다가가고 싶다. 막연한 희망이 나를 살아있게 한다.

먹이와 끼니

범
선

음식이 건강을 결정한다. 약은 이미 몸이 잘못되었을 때 쓰는 것이다. 평소 건강을 유지하는 것은 밥이다. 그래서 밥이 보약이다. 지지는 원래 건강 때문에 채식을 시작했다. 나는 윤리적인 이유로 시작했다가 건강상의 혜택을 보았다. 평생 골칫거리였던 등드름이 말끔히 사라졌다. 우유, 치즈, 계란을 먹는 베지테리언일 때까지만 해도 아무런 변화가 없었는데, 동물성 제품을 전혀 먹지 않는 비건이 되자 곧바로 사라졌다. 체질에 따라 정도의 차이는 있지만, 소젖과 소고기는 많이 먹으면 건강에 해롭다. 다 큰 어른이 인간의 젖을 먹는 것도 이상한데, 소의 젖을 먹는다? 포유류는 엄마 뱃속에서 다 자라지 않고 태어나서 갓난아기 때 급속히 성장한다. 그때 먹는 성장 촉진제가 젖이다. 송아지는 인간보다 세 배빨리 자란다. 따라서 소젖에는 인간 젖보다 인슐린성 성장인자-1(IGF-1)이 세 배 많이 들어있다. 성장기 발달을 위한 세포 증식을 유도하는 물질이다. 그것을 성인이 매일같이 먹는 건 당뇨, 심장병, 뇌혈관 질환 등 성인병으로 가는 지름길이다. 또한 소고기를 비롯한 적색육은 세계보건기구가 지정한발암 물질이다. 대장암 발생률을 크게 높인다.

한국인이 이토록 소의 젖과 고기를 많이 먹는 건 유사 이래 처음이다. 박정희가 산업 역군을 기르기 위해 도입한 것이 우유 급식이다. 메이지 유신을 따라했다. 일본은 1200년넘게 육식이 금지였다. 하지만 메이지 천황은 서양을 쫓아가기 위해 금기를 깨고 육식을 장려했다. 영국인처럼 소고기와소젖을 먹기 시작했다. 하지만 동양인은 서양인과 다르게 유당을 분해할 수 있는 유전자가 없다. 나 역시 99프로의 한국인과 마찬가지로 유당불내증을 갖고 있다. 불내증이라는 말조차도 젖당을 소화할 수 있는 서양인이 정상이고 그러지 못하는 동양인은 비정상이라는 전제를 내포한다. 나는 우유 급식이 싫었다. 맨날 변기에 버리거나 책상 서랍에 숨겨 뒀다. 까먹고 있다가 나중에 터져서 악취가 진동했다. 그러거나 말거나 성장 일변도의 국가는 국민을 빨리 키우기 위해 소젖을 먹였다. 근대화와 산업화 과정에서 여아의 초경 연령은 급격히 낮아졌고, 2차 성징은 빨라졌으며, 그만큼 발암률도 높아졌다. 국가는 국민이 먹을 것을 결정한다. 먹이고 싶은 것은 보급하고 먹이기 싫은 것은 금지한다. 지난 세기, 국가의 목표는 분명했다. 서양인처럼 먹어라! 서양을 따라잡아 서양을 뛰어넘고 싶은 열등감의 발로였다. 채식 위주였던 한국인의 식단은 반 세기 만에 육식 중심으로 급변했다.

그래서 나는 어릴적부터 고기 중독이었다. 고기 없이는 식사가 성립하지 않았다. 술, 담배는 취미가 없었지만 고기는 계속 찾았다. 설탕은 중독까지는 아니더라도 꽤 좋아했다. 식사를 할 때 탄산 음료를 꼭 마셨다. 중독이란 별 게 아니다. 무언가를 소비하지 않으면 일상 생활을 지속하지 못하는 상태다. 현대인은 대부분 고기와 설탕 없이 못 산다. 사실 다 잘 살 수 있지만, 그것 없이는 못 살 것 같다고 고백한다. 나도 그랬다. 태어나서 20년 동안 사회가 주는 대로 먹어왔기 때문에, 고기에 중독되었다. 스물두 살, 피터 싱어의 《동물 해방》을 읽고 채식을 시작했다. 담배를 끊는 것처럼 의식적으로 끊었다. 소고기, 돼지고기, 닭고기, 생선 순으로 덜어냈다. 생각보다 어렵지 않았다. 동물성 음식을 빼도 먹을 것은 참 많다. 오히려 고기의 기름지고 자극적인 맛 때문에 가려졌던 다채로운 미각이 새롭게 다가왔다.

의식이 음식을 바꾸기도 하지만, 음식이 의식을 바꾸기도 한다. 고기만 끊어도 피가 맑아지는 것을 느낀다. 몸과 마음이 산뜻하다. 밀가루를 줄이면 식곤증이 덜해진다. 술을 마시면 정신이 흐려진다. 무엇을 먹느냐에 따라 마음 상태가 바뀌는 것을 우리는 일상적으로 경험한다. 국가는 인간의 의식을 바꾸는 가장 강력한 물질을 허락하기도 하고 금지하기도 한다. 소젖을 보급했던 박정희는 대마를 금지했다. 한반도 사람들은 오랜 세월 소를 가족으로 여겼다. 농경 사회는 유목 사회와 다르게 소의 노동력이 절실했기 때문이다. 먹기 위해 기르는 게 아니라 함께 일하기 위해 길렀다. 소고기는 거의 먹지 않았고, 소젖은 당연히 송아지의 것이었다. 대신 대마는 많이 피웠다. 양반들이 곰방대로 무엇을 피웠을 것 같나?

박정희가 갑자기 대마를 금지하고 예술가를 잡아 넣은 것은 우유를 급식한 것과 같은 이유다. 국민을 통제하여 부지런한 산업 역군으로 육성하기 위해서다. 당시 리차드 닉슨이 미국에서 정치적, 인종적 이유로 대마를 금지했고, 미군 통제를 위해 한국 정부를 압박했던 이유도 컸다. 대마는 중독성이 없다. 대신 사람을 행복하고 게으르게 만든다. 조국 근대화에 방해가 된다. 양반들이 조선 왕조 오백 년 동안 대마를 안 피우고 커피를 마셨으면 역사가 어떻게 바뀌었을까? 국가가 어떤 식품을 허락하느냐에 따라 국민의 정신 상태가 결정된다. 식구의 입에 무엇을 넣느냐가 그 집안의 분위기를 바꾼다.

선사시대 부족장, 추장, 샤먼의 역할도 그러했다. 자연에 대한 풍부한 지혜를 바탕으로 무엇은 먹어도 되고, 무엇은 먹으면 안되는지 판단해주는 사람이 우두머리였다. 식구의 식사를 결정하는 것, 먹는 입에 무엇이 들어갈지 통제하는 것이 곧 권력이다. 특히나 섭식이 건강과 생존으로 직결된다면 더더욱 그렇다. 똥인지 된장인지 안 먹어봐도 알지만, 가끔은 헷갈린다. 그럴 때는 권력자의 말을 일단 따르게 된다. 인간은 뭇 생명과 마찬가지로 인풋에 따라 아웃풋이 도출되기 마련이다. 오늘날은 국가가 생물 의학 전문가의 권위를 이용해 인풋을 설정한다. 고기, 우유, 생선, 계란 등의 소비를 장려하고, 술, 담배, 커피, 설탕 등의 중독을 용인한다.

지금 대한민국을 지탱하는 식품 급여 체계는 다음과 같다. 아침에 일어나 커피를 통해 카페인을 주입하여 출근하게 한다. 맨정신으로는 버티지 못할 학교, 군대, 직장 등에서 버틸 수 있도록 담배를 통해 니코틴을 주입한다. 담배는 막대한 중독성을 가진 발암 물질이지만, 국가가 안정적인 공급을 보장한다. (뉴질랜드는 2027년부터 청년층에 담배 판매를 금지하는 한편, 대마초 상용화를 추진 중이다.) 점심에는 단짠단짠의 향연을 선사한다. 식곤증에는 또다시 카페인으로 응대한다. 저녁 회식은 삼겹살에 소주다. 귀가 후에는 밖에서 받은 스트레스를 자극적인 배달 음식으로 푼다. 치맥이 대표적이다. 밤에 마시는 술은 무엇보다 하루의 짜증을 잊게 해준다. 대한민국의 건실한 일꾼은 카페인으로 정신을 차리고 알코올로 아픔을 씻는다. 각성과 망각의 무한 반복이다. 어릴 때는 우유를 마시고 쭉쭉 자라야 하는 것처럼, 어른은 커피를 마시고 부지런히 일해야 한다.

근대인을 만든 식단은 고기, 우유, 설탕, 카페인이다. 모두

서구 제국주의의 산물이다. 고기와 우유는 동물 착취, 설탕과 카페인은 식민지 착취로 가능했다. 영국과 프랑스의 제국주의 역사는 사실상 사탕수수와 차 밭을 확보하기 위한 전쟁이었다. 한국도 근대화 과정에서 그러한 식습관을 그대로 답습했다. 쇠고기를 날로 먹는 것이 최고의 보상이 되었고, 아이에게 모유 대신 소젖을 먹이는 것이 정상이 되었으며, 커피와 콜라를 마시는 것이 기본이 되었다. 무조건 나쁘다는 게 아니다. 약도 과하면 독이 되고 독도 잘 쓰면 약이 된다. 다만 이 모든 것이 굉장히 최근의 변화이며, 대한민국에서는 우리 세대에 이르러서야 보편화되었다는 사실을 상기해야 한다. 1991년 내가 이 땅에 태어나서 고기를 실컷 먹고 우유를 강제로 마시고 커피와 설탕에 중독된 것은 나의 선택이 아니다. 국가 정책의 결과다. 내가 먹는 것이 먹이가 아닌 끼니가 되려면, 체제가 급여하는 식품을 비판적으로 바라봐야 한다. 과연 이 음식이 어디서 어떻게 여기까지 왔으며, 나의 몸에 들어가면 어떤 영향을 끼치는가? 육체와 정신 건강에 해롭지는 않은가? 비인간동물을 대량 사육하는 국가는 같은 방식으로 인간도 사육한다. 양계장의 닭이 비대해질수록 국민 비만율도 높아진다.

먹이와 끼니의 차이는 먹는 입에 달렸다. 주는 대로 먹을 것인가? 따져보고 먹을 것인가? 정답은 없다. 독과 약의 구분, 마약과 약의 구분은 언제나 상대적이다. 그 결정을 권력에게 맡기지 않는 것이 중요하다. 그래야 먹이 대신 끼니를 식구와 함께 먹을 수 있다.

돌봄 스무디 보울

✕ ✕ ✕

면역력이 떨어질 때는,
유산균과 비타민이 풍부한 요거트 보울.

READY 무첨가 두유 혹은 코코넛밀크 | 유산균 캡슐 | 바나나
아로니아 | 딸기 | 블루베리 | 카카오닙스 | 코코넛 플레이크
각종 씨앗(헴프, 치아, 호박, 아마 등) | 견과류

---

1. 유산균 캡슐을 열어 가루를 무첨가 두유 혹은 코코넛밀크와 잘 섞고, 빛이 들지 않는 25도 이상 따뜻한 곳에서 여덟 시간 이상 발효한다. 잠들기 직전에 하는 걸 추천. 일어나 확인하면 요거트가 완성돼 있다.

2. 마찬가지로 잠들기 전에 바나나, 아로니아, 딸기 등 과일을 얼려 놓는다.

3. 믹서기에 요거트, 두유, 얼린 바나나, 아로니아, 딸기, 블루베리, 카카오닙스, 견과류를 넣고 곱게 간다. 너무 묽지 않고 떠먹기 좋은 되직한 질감이 좋다. 얼린 과일이 없다면 얼음을 더해 갈아준다.

4. 깊은 그릇에 스무디를 붓는다. 과일, 씨앗, 코코넛 플레이크, 카카오닙스, 견과류를 취향에 맞게 올려 먹는다.

비견

지
지

매년 11월 1일은 세계 비건의 날. 1994년에 비건 소사이어티
*의 루이즈 월리스가 제정했다. 11월 11일이 빼빼로데이인 건
숫자 11이 빼빼로를 닮아 어느 정도 납득이 가지만 비건의
날은 도저히 모르겠다. 아마 월리스 씨가 비거니즘을 지향하

* **비건 소사이어티(The Vegan Society)** 1944년 도널드 왓슨이 설립한 비거니즘
단체다.

기 시작한 날이려나.

'비건의 날'을 기념하는 건 아니지만, 근래에 큰 변화가 있었다. 바로 새 식구가 생겼다! 이름은 왕손, 12세, 아메리칸 코카 스파니엘, 남성이다. 11년 전 범선이 무지하던 시절 펫샵에서 구매한 강아지다. 범선의 어머니께서 왕손이를 데리고 살다 2021년 11월 4일 해방촌 우리 집에 오게 되었다. 헤테로* 커플의 집에 귀여운 강아지까지 생기니 정상 가족같은 형태가 되어서 기분이 이상하다. 괜히 죄짓는 느낌이 든다. 왜냐하면 나는 정상가족 이데올로기를 비판하는 비혼, 비출산주의자이기 때문이다. 현대 사회에서 결혼이라는 제도는 여성을 가부장적으로 억압하는 비효율적인 시스템이다. 분명 자식과 반려동물 사이엔 거대한 간극이 있지만, 출산 다음으로 '절대 하지 말아야지!'는 바로 반려동물을 입양하는 것이었다.

평생 비인간동물과 살아본 경험은 딱 한 번이다. 초등학생 때 학교 후문에서 팔던 병아리를 500원에 샀는데, 이틀 만에

---

* **헤테로** 이성애. 나와 생물학적 혹은 사회적으로 다른 젠더를 가진 사람에게 성적 끌림을 느끼는 것.

내 손 위에서 죽었다. 처음으로 죽음을 목도하는 경험이어서 어린 나이에 적잖은 충격이었다. 게다가 삶과 생명이 무엇인지 아직 인지하지 못한 초등학생이 병아리를 고작 500원에 구매할 수 있다는 건 비상식적인 일이다. 집 안에 들이는 순간 그들의 삶은 온전히 나의 책임이 된다. 나 자신도 감당하기 힘든데 누군가의 생명에 책임을 진다는 건 상상조차 하기 힘들다. 불필요한 노동과 책임감은 최대한 피하고 싶었다.

알아본 바로는 강아지는 공감 능력이 뛰어나고 눈치가 빠른 동물이다. 내가 스트레스를 받거나 무기력할 때엔 나의 몸도 가누기 힘든데 왕손이 산책은 어떻게 시키지. 얘까지 스트레스를 짊어진다면, 바빠서 산책을 잘 못 시켜줄 텐데, 혹여나 아프면 병원비가 백만 원은 기본이라던데, 넓고 좋은 집에서 살다 달동네 좁은 집에 와서 불행하면 어쩌지…. 오만 가지 근심 걱정이 앞선다. 너무도 미숙한 나이기에 반려동물을 충분히 사랑해 주거나, 행복하게 해주는 보호자가 될 자신이 없다.

게다가 왕손이가 오면 가사노동의 강도가 높아질 터라 청소 분담이 일이다. 나는 집이 깨끗하고 정돈되어야 일을 시작할 수 있는 성향이다. 왕손이가 오면 하루 종일 청소에만 매달리게 될 것만 같다. 물론 범선은 본인이 책임지고 열심히 배변을 치우고 관리하겠다고 약속하지만, 이미 우리는 가사노동 문제로 종종 다투기에 안심할 수 없다. 그나마 다행인 건 우리 둘 다 주로 집에서 일하는 프리랜서다. 매일 출퇴근하는 직장인이었다면 반려동물과의 동거는 꿈도 꾸지 못했을 일이다.

범선의 첫 자취방에서도 살고, 범선의 전 애인과도 살고, 범선의 모부님과도 살며, 12년간 이리저리 이사 다니며 살던 왕손이는 결국 범선과 나의 피양육자가 되었다. 우리의 집이 최후의 정착지가 되길 바란다. 다행히 왕손이와 나는 초면은 아니다. 이전에 두어 번 만났다. 왕손이는 이상한 아저씨에게 학대를 당한 트라우마가 있어 겁이 많다. 그런 왕손이에게 혹여나 물릴까 봐 대범하게 만지진 못했지만, 간식도 주고 함께 산책도 하며 친해지려 노력했다. 왕손이의 풀네임은 원래 전왕손이었는데, 내 성을 따서 이제부터 편왕손, 혹은 전편왕손이라 부를까 고민했다. 굳이 성을 붙여서까지 의인화를 할 필요가 있을까 싶어, 그냥 왕손이라 부르기로 했다.

우리 집에 온 첫 날, 왕손이는 집안 곳곳 냄새를 맡으며 신고식을 하느라 온 집안에 암모니아 냄새가 진동했다. 옷 방, 작업실, 베란다 등 이곳 저곳에 마킹*을 갈겼다. 왕손이의 침대를 비치해서인지, 자신의 영역이라고 인식했는지, 다행히 안방에는 아직 안 썼다. 아직은….

왕손이와 함께 살 마음의 준비를 하고 집에 들인 순간, 그와 사랑에 빠져버렸다. 온갖 걱정과 염려들은 온데간데 사라지고, 온 집안을 오줌 범벅으로 만들어도, 사랑스러운 미소에 심장이 녹아내린다. 맙소사! 뭐든 용서해줄게. 간식을 주고 서서히 유대감을 쌓아가며, 인간에겐 느껴본 적 없는 맹목적인 사랑의 감정을 느낀다. 이게 '트루 러브'라는 걸까? 그의 존재 하나로 집 안에 활기가 돌고, 삶이 충만해진다. 고작 하루가 지난 날부터 왕손이 없는 삶을 상상하기 힘들어졌다. 내가 동물을 사랑하기 때문에 비건이냐는 질문을 들으면 아니라고, 윤리적 당위성일 뿐이라며 손사래를 쳤는데, 이젠 마냥 절대 부인할 수는 없게 되었다.

---

* **마킹** 강아지가 수직으로 세워진 사물에 소변을 보며 영역 표시를 하는 행위.

나의 가장 큰 고뇌는 왕손이의 식사다. 알다시피 범선과 나는 비건이고 우리의 집은 비건 하우스다. 왕손이를 위해 동물 사체를 손질할 수는 없다. 왕손이가 먹던 논비건 사료도 잔뜩 있는데 버리기도 애매하다. 다행히 강아지는 인간처럼 생태학적으로 잡식 동물이기 때문에 식물성 식단으로도 건강하게 잘 살 수 있지만, 그는 12년 평생을 논비건 사료 위주로 먹으며 살아왔다. 비건 사료나 채소를 잘 먹을지는 미지수였다. 왕손이의 논비건 사료는 마침 동네 친구의 반려견이 먹던 사료와 같은 제품이어서 일부는 나눠주고, 나머지는 중고거래 앱으로 판매했다. 그 돈을 보태어 비건 사료를 구매했다.

걱정과 달리 천만 다행스레 왕손이는 채소와 과일을 아주 잘 먹는다. 기존에 먹던 사료는 쳐다도 보지 않는다. 주는 대로 냠냠 먹는 모습이 너무 예뻐 과식을 시키게 된다. 철이 지나서 내년에야 먹을 수 있는, 마르쉐 농부 시장에서 구매한 귀한 유기농 땅콩 호박과 고구마를 전부 내어줬다. 범선은 그런 나를 나무란다. 방부제와 첨가물이 잔뜩 들어간 논비건 간식보다 채소나 유기농 과일 스무디가 훨씬 건강할 텐데? 흥. 하지만 노견이라 체중이 늘어나면 합병증이 올 수 있어

앞으로 주의해야 한다.

그런데 이 생명체의 식탐이 너무 강하다. 이렇게 잘 먹고 잘 자는 개는 처음 본다. 식사할 때마다 옆에서 낑낑대느라 편하게 먹지 못한다. 너 방금 밥 잔뜩 먹지 않았니? 간이 안 된 자연식이라면 하나쯤은 줘도 되지만, 감자튀김 따위를 먹고 있으면 애교 부리는 왕손이를 지켜보기가 괴롭다. 문득 왕손이가 먹지 못하는 음식을 우리가 먹고 있다는 게 이상하다. 왕손이도 감자 좋아하는데. 앞으로 감자튀김이 아니라 구운 감자를 먹자. 우리가 건강하게 먹으면 다 같이 편하게 식사할 수 있지 않을까. 왕손이 덕에 우리도 건강한 식습관으로 나아간다.

강아지 영양학을 공부하는 중인데, 생각보다 식성이 인간과 크게 다를 게 없다. 카페인이 함유된 음식이나 양파, 포도 등 특정 음식을 제외하고는 곡류, 구황작물, 과일, 채소, 해조류, 버섯, 견과류까지 개 건강에 아주 좋다. 물론 사람처럼 모든 개의 체질이 다르다. 어떤 음식에 알레르기 반응을 보이는지는 천천히 먹여보며 관찰해야 한다. 많은 시간과 노동력이 필요하다. 그리고 그 과정이 너무나 즐겁고 기쁘다.

태생이 비견(犬)이 아니었나 싶을 정도로 채소를 좋아하는 강아지다. (여담이지만 범선과 나 모두 사주에 비견(比肩)이 있다.) 그런 왕손이에게 너무 고맙다. 자연식은 사료에 비해 섬유질이 많아 대변을 많이 보게 돼서 산책을 자주 시켜줘야 한다. 주기적으로 검진을 받으며 필수 아미노산을 골고루 섭취할 수 있는 건강한 식단을 잘 짜야 한다. 손이 많이 가지만 평생 가공식품만 먹은 왕손이를 나의 자식처럼 귀하게 대하고 싶다. 왕손이 전용 식탁에 예쁜 꽃도 놓았다. (나중에는 꽃을 먹어버렸다.)

다시 돌아와 첫날, 왕손이의 식사 시간. 장을 보지 않아서 마땅히 대접할 게 없다. 냉장고엔 전 날 만들어둔 귀리 바나나 팬케이크가 있다. 원재료는 귀리, 바나나, 두유, 계피가루, 약간의 소금이 전부다. 설탕도, 밀가루도, 기름도 쓰지 않고 구운 건강한 음식이라 강아지가 먹지 못할 이유가 없다. 한 조각 손에 덜어 내미니 킁킁 냄새를 맡는다. 먹음직스러웠는지 왕손이는 금세 다 먹어치우곤 꼬리를 세차게 흔들며 더 달라는 신호를 보낸다.

강아지도 내 요리를 좋아해주다니! 더할 나위 없이 짜릿하다. 다음 날 아침 식사로 왕손이가 먹기 좋은 크기의 강아지용 팬케이크를 만들어줬다. 강아지에게 좋다는 크렌베리도 없었다. 친구들에게 자랑했는데 개 팔자가 상팔자라고 한다. 해방촌에서 가장 잘 먹고 잘 싸는 비견으로 만들어줄게.

왕손이와 함께하며 루틴이 생겼다. 아침저녁으로 산책하며 동네를 탐색한다. 늦게 자고 늦게 일어나던 나태한 생활 습관이 기적처럼 고쳐졌다. 왕손이와 산책할 생각에 아침 여덟 시면 눈이 번쩍 떠진다. 새벽의 습기 찬 공기를 마시며 공원이나 남산 소월길을 걷는다. 왕손이의 존재는 바쁘다는 핑계로 걷기조차 미루던 나를 움직이게 한다. 사실 왕손이가 나를 산책시킨다.

도시에 살며 선형적인 시간의 흐름을 따라 줄곧 직진만 해왔다. 왕손이와 함께 산책할 때엔 같은 길을 걸어도 왼쪽에서 오른쪽으로, 여기에서 저기로 비정형적으로 이동하며 냄새를 맡고 주변을 관찰하게 된다. 같은 시간 속 현재의 공간을 꽉 채워서 음미하게 된다. 풀과 나무가 있는 곳을 찾게 되고, 무심했던 동네의 풍경에 새로운 에너지가 느껴진다. 함께 등산도 하고 여름에는 서핑도 시도해 보고 싶다. 노견이라 주의해야 하지만 왕손이는 꽤 건강한 것 같다. 함께 건강한 섭생과 생활을 수행하며 오래오래 살고 싶다. 강아지의 모습을 한 나의 천사.

비건으로서의 장점이 새삼 환기된다. 웬만한 비건 식당엔 반려동물 출입이 가능하다. 우리가 사는 해방촌의 거의 모든 식당이나 카페에선 왕손이도 함께할 수 있다. 그와 가까워지려 들인 공을 생각해 보면 이렇다. 사람 대하듯 배려하고 존중하면 그도 나를 동등하게 대우한다. 지금도 왕손이 외에 비인간동물엔 큰 관심이 없지만, 왕손이와 산책하며 기이한 광경을 목격한다. 낯선 사람들이 다가와 왕손이가 귀엽다며 만져봐도 되냐며 묻거나, 혹은 말도 없이 만지려 한다. 왕손이는 무는 개라고 말하면 다들 놀라서 뒷걸음질 친다. 자신은 안 물 거라며 만지려 하는 이들도 있다. 남의 집 인간 자식을 허락 없이 만지면 아주 무례한 행동으로 치부되지만, 반려동물은 그렇지 않다.

인간도 비인간도 모두 느끼는 동물이다. 비인간을 인간 대하듯 나와 동등한 생명으로 존중하고, 인간을 비인간 대하듯 과한 간섭 없이 적당한 그늘을 유지하며 살면 아름답게 공존할 수 있지 않을까.

사랑의 순환

범
선

왕손이가 돌아왔다. 왕손이는 나의 원죄와도 같은 존재다. 2010년, 스무 살 때 나는 서울에서 잠시 자취를 했다. 난생처음 오피스텔에 혼자 살았다. 평생 부모님과 같이 살다가 고등학교 때는 기숙사 생활을 했기 때문에 외로울 일이 거의 없었다. 하지만 성인이 되자마자 서울에서 나 홀로 타향살이를 하니 외로웠다. 당시 만나던 애인은 통금이 열한 시였다. 나는 〈혼자가 되는 시간〉이라는 노래를 작곡할 정도로 밤에 혼자 있는 게 싫었다. "밤 열한 시 쯤 길을 나선다. 둘이 가면 혼자 오는 길…" 외로움을 달래기 위해 나는 강아지를 사야겠다고 결심했다. 애인과 함께 가까운 펫샵에 가서 유리창 안에 갇힌 강아지들을 둘러봤다. 그중 제일 조용하고 주눅들어 있는 아이가 눈에 밟혔다. 다들 자기를 봐달라고 창을 두드리며 왈왈 짓는 와중에 그 아이만 혼자 구석에 움츠리고 앉아 있었다. 우리는 개가 가장 착해 보인다는 이유로 선택했고 단돈 25만 원을 지불한 후 집으로 데려왔다.

돌이켜보면 정말 말도 안 되는 일이다. 생명을 책임질 준비도 되지 않은 이가 외롭다는 이유만으로 자판기에서 음료수 뽑듯이 강아지를 구매할 수 있었다. 지금도 펫샵에서는 온갖 동물이 그렇게 판매된다. 동물권은커녕 인권에 대한 감수성도 부족했던 시절, 나는 그날의 거래가 이상하지 않았다. 내가 외롭기 때문에 집에 오면 나를 반겨주고 같이 있어줄 동물을 구매해서 단칸방에 가둬 두어도 된다고 생각했다. 왕손이는 그리하여 나의 가족이 되었다. 어머니, 아버지는 극구 반대했다. 초등학생 시절 우리 집에는 '이삐'라는 강아지가 있었다. 자그만 시츄였다. 동생과도 같았던 이삐는 심장사상충 때문에 일찍 세상을 떠났다. 임종을 지켜본 건 나였다.

학교를 다녀오니 집에 아무도 없었고, 이삐가 베란다에 축 쳐져 누워 있었다. 안아 올리니 단말마의 탄식이 흘러나왔다. 이후 우리 가족은 반려동물을 키우지 않기로 했다. 사랑을 준 만큼 보낼 때의 고통이 컸기 때문이다. 하지만 나는 모부님의 반대에도 아랑곳하지 않고 애인과 함께 강아지를 데려왔다. 이제 스무살이니 내 마음대로 하겠다는 심보도 있었고, 타향살이가 고달프니 어쩔 수 없다는 마음이었다.

이름도 대충 지었다. 당시 유행하던 드라마가 〈추노〉였다. 극중 배우 김지석이 연기한 인물이 '왕손이'였다. '대길(장혁 분)'의 오른팔 역할을 하면서 열심히 노비들을 추격하는 유쾌한 캐릭터다. 나는 그냥 그 이름이 웃겨서 '왕손이'라고 정했다. 2019년, 내가 티비엔 〈문제적 남자〉에 출연해서 김지석씨를 만났을 때, 이러한 일화를 털어놓으려다 멈칫했다. 막상 말하려니 민망하기 그지 없었다. "저희 집 강아지가 배우님 이름을 따서 왕손이에요"라고 하면 뭔가 그쪽도 소름 끼칠 것 같고 나도 성의 없는 반려인처럼 보일 것 같았다. 지금 생각하면 뭐 어차피 극명인데 재미있게 웃어 넘길 수도 있었다. 아무튼 그때는 말 못할 이름이었다. 요즘도 "왜 왕손이에요?"라고 누가 물어보면 그냥 "손이 커서요"라고 거짓말한다.

실제로 잉글리쉬 코카스파니엘은 손발이 크다. (무엇이 손이고 무엇이 발인가?) 왕손이를 춘천 본가에 데려가니 어느 순간 '전왕손'이 되어 있었다. 전범선 동생 전왕손. 엄마는 요새도 나를 부르려다 "전왕손~"하기도 하고 왕손이를 부르려다 "전범선~"하기도 한다.

반려동물 입양은 가족이 생기는 것이라는 당연한 사실을 그때는 자각하지 못했다. 너무나도 무책임하고 부끄러운 과거다. 가장 큰 문제는 내가 곧 한국을 떠날 예정이었다는 것이다. 가을에 미국 대학에 입학하기로 되어 있었고, 나는 왕손이를 데려갈 수 없었다. 애인이나 가족에게 맡기고 가버릴 심산으로 강아지를 데려온 것이다. 왕손이가 사람이었다면 나는 파렴치한 아버지였다. 애인은 집에 다른 강아지가 이미 있었기 때문에 난처했고, 나는 춘천에 왕손이를 맡길 수밖에 없었다. 솔직히 왕손이를 처음 사올 때는 후환을 진지하게 생각하지도 않았다. 하나의 생명을 최소 15년은 책임져야 한다는 것이 어떤 의미인지 몰랐다. 그래본 적이 없기 때문이다. 한편으로는 나의 안이함이 수치스러우면서도 다른 한편으로는 동물의 삶을 경시하는 시장 제도에 분개한다. 스무살 전범선은 25만 원에 왕손이를 살 수 있어서는 안 되었다.

오늘날의 펫샵은 과거 노예 시장과도 같다. 생명을 재산으로 치부하기 때문에 무자비하고 반인도적인 거래가 버젓이 일어난다. 자격도 없는 이가 주인으로 거듭난다. 왕손이를 바라보면 한없는 죄책감과 후회에 휩싸인다.

나는 유학 시절 《동물해방》을 읽고 채식주의자가 되었지만, 만약 왕손이가 없었으면 마음이 동했을까 싶다. 2012년, 《우리는 왜 개는 사랑하고 돼지는 먹고 소는 신을까?》의 저자 멜라니 조이를 만났을 때, 나는 한국인은 개도 먹고 돼지도 먹고 소도 먹는다고 변명했다. 한국인이 개고기를 먹는 것은 서양인이 돼지고기나 소고기를 먹는 것과 다를 바 없다. 과거 농경 사회에서는 개가 아닌 소가 가족의 일부였기 때문에 소고기보다 개고기를 많이 먹었다. 나는 삼겹살은 먹으면서 개고기에 치를 떠는 몇몇 반려인들의 모순이 황당했다. 그런데 알고 보니 멜라니 조이가 말하는 인지부조화가 바로 그 점을 지적한 것이었다. 개고기가 나쁘면 돼지고기, 소고기도 나쁜 것 아닌가? 반대로 돼지고기, 소고기가 괜찮으면, 개고기도 괜찮은 것 아닌가? 그런데 나는 왕손이 고기는 상상하기도 싫었다. '식용견은 따로 있다'는 헛소리로 변명할 자신도 없었다. 누군가 왕손이를 먹는 것이 싫다면 내가 개고기, 돼지고기, 소고기를 먹는 것 모두 잘못된 일이었다.

　지난 4년 간, 나는 여기저기 비거니즘과 동물해방을 말하고 다녔다. 어머니는 그런 나를 보며 "왕손이부터 챙겨라", "나부터 해방해 달라"고 요구했다. 그럴 때마다 나는 부끄럽기 짝이 없었다. 해방촌 반지하에 사는 것보다 춘천의 넓은 집에 있는 것이 왕손이에게 더 좋다고 자위했다. 나는 솔직히 왕손이를 잘 돌볼 자신이 없었다. 맨날 밖에 나가서 싸돌아 다니느라 집안 살림도 뒷전인데, 식구를 책임질 수 있을까? (그럴 거면 애초에 왜 데려온 거니?) 양반들에서 건반 치는 지훈이랑 같이 살 때는 거의 집에서 잠만 자다시피 했기 때문에 도저히 왕손이를 키울 환경이 안 되었다. 그러다 지지랑 함께 살면서 집에서 훨씬 많은 시간을 보내게 되었고, 살림에 대한 생각도 180도 바뀌었다. 일년 정도 지지와 살림을 꾸리고 나니, 조금은 준비가 된 것 같았다. 그때, 엄마가 SOS를 보냈다. 더이상은 힘드니 왕손이를 데려가라! 동물해방보다 엄마 해방이 우선이었다.

　나는 지지에게 너무나도 미안했다. 심지어 전 애인과 기르던 강아지였다. 시어머니가 맡고 있던 내 새끼를 갑자기 같이 키우자는 것과 같았다. 이미 가사 노동의 불균형 때문에 몇 차례 다툰 적이 있었다. 지지가 나보다 훨씬 깔끔한 성격이고 요리 실력도 월등하기 때문에, 나는 따라가기 힘들었다. 노력한다고 노력했지만, 지지 만큼 집안 살림에 있어서 완벽하지 않다는 사실을 부정할 수 없었다. 왕손이를 데려오면 이러한 갈등이 더 커지지 않을까? 엄마와 지지에 대한 미안함이 교차했다. 지지는 며칠 고민하더니 데려오자고 했다. 고맙고 고마웠다. 나는 책임 있는 양육자가 되리라 다짐했지만, 왕손이 때문에 다투면 어쩌나, 걱정이 앞섰다.

예상과 달리 왕손이는 가정의 평화를 가져왔다. 일이 많아진 건 사실이다. 하루에 서너 번 산책을 나가서 똥을 싸게 하고, 밥도 좋은 거 먹이려고 직접 재료를 데치고 손질한다. 털이 많이 날리니 청소도 자주 해야 하고 베란다나 화장실에 오줌을 싸면 물 청소도 해야 한다. 하지만 왕손이까지 세 식구가 되니까 분명 우리집 사랑의 총량이 증가했다. 몸은 더 피곤한데, 마음은 더 충만하다. 왜 그런가 고민을 해봤는데, 셋이라는 숫자가 중요한 것 같다. 둘이 사랑할 때는 일직선상에서 주거니 받거니 하는 양상이 펼쳐진다. 그런데 항상 둘이 똑같이 사랑할 수는 없다. 불가피하게 불균형이 발생한다. 연인이 다투는 이유는 대부분 서운해서다. '나는 이렇게

까지 하는데 너는 어떻게 그럴 수 있니?' 재고 따지지 않는 사랑을 하고 싶지만, 인간인 이상 쉽지 않다. (강아지는 무조건적인 사랑을 잘 한다.) 나와 지지의 관계에서도 그러한 섭섭함이 있었다. 주는 만큼 받지 못한다는 느낌, 일방적인 사랑의 흐름을 서로 감지할 때가 있었다. 둘의 사랑은 줄다리기 같기도, 시소 같기도 하다.

여기에 왕손이를 추가했더니 삼각형이 되었다. 주거니 받거니에서 돌고 도는 사랑으로 진화했다. 왕손이는 나와 지지 모두에게 절대적인 사랑을 베풀어준다. 우리도 마찬가지로 왕손이를 끔찍이 아낀다. 만약 내가 지지에게 조금이라도 서운할라치면, 지지가 왕손이를 보살피는 모습을 보며 마음이 녹아내린다. 내게 주었으면 하는 사랑이 왕손이에게 흘러갔다 다시 내게 흘러온다. 반대로 나는 지지에게 미안한 일이 있으면 괜히 왕손이를 더 챙긴다. 산책을 가거나 목욕을 시키거나 공놀이를 한다. 행복한 왕손이를 보며 지지는 금방 누그러진다. 질투가 없기 때문에 우리 셋은 사랑의 선순환 구조가 가능하다. 일종의 삼자 연애다.

엄마에게 이 이야기를 했더니 깊이 공감했다. 당신도 나를 키울 때 아빠랑 참 행복했다고. 그래서 성당에서도 삼위일체라고 한다고. 내가 미국 가고 왕손이 키울 때도 좋았지만, 아빠가 돌아가시고 난 후에는 혼자 많이 힘들었다고. 나는 엄마랑 통화하면서 왕손이를 쳐다보았다. 의자 위에 곯아떨어진 얼굴에서 갓난 아기 전범선이 보였다. 아빠가 나를 볼 때도 이런 기분이었을까? 비교도 안 되겠지. 엄마는 개를 키우는 건 두 살 짜리 애를 돌보는 것과 같다고 했다. 인간은 자라지만 개는 평생 두 살 같다는 것이 함정이었다.

"딱 귀여운 만큼 힘들다."

엄마의 말이 비로소 와닿았다.

"왜 그래? 너 울어?"

아빠가 떠난 지 3년이 지났지만 아직도 생각하면 눈물이 난다. 나는 아빠에게 받은 사랑을 충분히 돌려주지 못했다. 그 사랑이 너무 커서 한스럽다. 엄마에게, 지지에게, 왕손이에게 나눠줘야 한다. 엄마를 왕손이로부터 해방하고 나와 지지 사이에 왕손이가 들어오니 모든 것이 제자리에 있는 것 같다. 노견인 내 새끼는 햇수가 많이 남지 않았다. 여생의 보금자리를 책임지는 것이 나의 죄를 덜고 한을 씻는 최소한의 도리다. 내 가슴 속에 쌓인 내리사랑을 순환시키는 일이다.

귀리 바나나 팬케이크

✕ ✕ ✕

밀가루, 기름, 설탕이 들어가지 않아
개와 인간 모두가 잘 먹는 건강 팬케이크.

READY 유기농 압착 귀리 | 바나나 | 무첨가 식물성 밀크
계피 가루 | 소금 | 제철 과일

---

1. 1인분 기준. 믹서기에 오트 반 컵을 먼저 간 후, 식물성 밀크 반 컵과 바나나 한 개, 소금 한 꼬집, 시나몬 파우더 두 꼬집을 넣고 간다.

2. 팬을 중약불에 잘 달군 후, 반죽을 일정한 크기로 덜어낸다. 기포가 생기고 밑면이 구워지면 뒤집어서 굽는다.

3. 접시에 구워진 팬케이크-바나나-팬케이크 순으로 예쁘게 쌓는다.

4. 강아지를 위한 접시엔 생과일이나 건과일, 견과류를 약간 올린다.

5. 인간을 위한 접시엔 아가베 시럽, 비건 버터, 과일잼, 코코넛 플레이크, 견과류 등으로 기호에 맞게 플레이팅한다.

오늘의 살림력이
모두 소진되었습니다

지
지

벽난로 안에서 타닥타닥 장작이 타들어간다. 불멍과 노트북 화면을 오가며 원고를 집필 중이다. 창 너머엔 겨울 산들바람에 울창한 나무들이 뭉실하게 흔들린다. 등 뒤엔 아름다운 반려동물 왕손이가 누워있다.

"우리 지금 되게 전형적이고 진부하게 아름답지 않아?"

범선이 말한다.

공기 중에는 먼지와 왕손의 털과 추위가 섞인 미지근한 겨울이 있다. 작년에 이어 올해도 지리산 산청의 황토 집에 들어와 일주일여간 디지털 디톡스라는 거창하고 소박한 다짐으로 새해를 맞이한다. 사실 스마트폰만 전원을 끄고 처박아 뒀을 뿐이지, 노트북으로 글을 쓰고 티브이로 영화를 시청한다. 그럼에도 신체 기관의 연장과도 같은 스마트폰이 없으니 불필요한 정보를 흡수하지 않아 통쾌하고 개운할 따름이다. 홍수처럼 쏟아지는 콘텐츠에 허비하던 시간을 산책하고 독서하며, 자연 속 풍요로운 지식의 늪을 탐닉한다.

2022년 임인년(壬寅年)은 '뛰어난 지혜를 지닌 검은 호랑이 해'다. 지난해 초 범선은 이곳 지리산에서 지낸 열흘을 이야기하며 신간을 냈다. 책 속엔 우리가 열흘을 넘어 일 년 가까운 시간 동안 나누었던 수없이 많은 대화와, 웃음과 눈물, 낮과 밤, 그리고 밥이 있다. 오늘은 우리의 삶이 담길 이 책을 상상하며, '나이가 지긋이 든 베이지 개', 새 식구 왕손과 함께 식사한다.

'식구'는 한집에서 함께 살며 끼니를 같이하는 사람, 또는 한 공동체에 속해 함께 일하는 사람을 비유적으로 이르는 말이다. 밥 식(食)과 입 구(口)가 합쳐진 한자어 식구(食口)는, 직역하자면 밥 들어가는 구멍이다. 일 년 전엔 구멍이 두 개였고 지금은 세 개다. 인간동물 구멍 둘, 비인간동물 구멍 하나.

이 집 마당엔 집주인 진희 님이 직접 담그신 각종 발효 장이 있다. 된장, 간장, 고추장, 누룩 등 지리산의 맑은 공기와 물을 이용해 자연 발효된 전통 장들이다. 터 좋은 곳에서 10년 넘게 오래도록 숙성되어 특별한 향과 맛이 무척 일품이다. 간장에서는 진한 채수를 우려 맛있게 요리한 버섯과 비슷한 향이 난다. 발효균들의 대가족 혹은 조상의 잔치에 온 것 같달까. 고소하고 달짝지근하면서 향기로워, 이렇게 맛있는 된장은 난생처음이다. 외할머니께서 담근 된장과 간장이 제일 맛있는 줄 알았는데. 맛이 너무 좋아서 거진 일주일간 된장 요리만 먹었다. 채수를 따로 끓일 필요 없이 된장으로만 간을 한 국에 채소를 가득 넣고 끓이면 깊은 풍미가 난다. 한 솥 끓여 밥과 함께 곁들이거나, 면을 따로 삶아 추가해 된장 국수로 먹는다.

서울에서 산속으로 멀리 떠나왔지만, 집 안에서 분주한 나의 모습은 이전과 다를 바 없다. 하루 두 끼만 챙겨 먹어도 많은 시간을 부엌에서 보내게 된다. 밥 들어가는 입이 세 개인데다가 구멍 하나에는 스페셜 비건 개밥이 들어가야 한다.

제시간에 함께 식사를 하기엔 손이 부족하다. 식사를 준비하다 하루가 금세 가버린다. 게다가 왕손의 물그릇이 비었으면 수시로 채워야 한다. 정확히 세어보진 않았지만 하루에 대략 네다섯 번 정도 물을 채운다. 산청에 온 지 사흘째인데 범선은 물그릇에 한 번을 손도 대지 않았다.

　강아지는 몸에 땀구멍이 없어서 노폐물 배출이 어렵다. 특히 코카스파니엘은 유전적인 요인으로 피부병이 쉽게 생기는 종이다. 겨울을 나려고 양처럼 털을 복슬복슬 기른 왕손의 피부를 위해 하루에 두 번은 정성스레 빗질을 해줘야 한다. 이미 피부병으로 병원에 내원하고 금전적 출혈이 있었음에도 범선은 무심하다. 왕손이는 과거에 이상한 아저씨한테 학대당했던 트라우마로 인해, 어색한 사이이거나 불편한 곳을 건드리면 입질하는 버릇이 있다. 가뜩이나 무서운데, 유독 예민한 다리를 빗을 때마다 곤욕을 치른다. 범선에게 도움을 청하면 어설픈 척만 하다 곧잘 도망친다. 왕손이와 함께 산 지 두 달 동안 양치, 빗질, 목욕, 귀 청소, 연고 바르기, 식사 챙기기, 밥그릇 닦기는 매번 내가 주도했다. 왕손을 데려올 때 잘 챙기겠다던 약속은 증발해 버린 걸까?

우리가 함께한 일 년 하고 2개월이 조금 넘는 시간 동안 다투는 원인은 십중팔구 가사노동이다. 유기농과 제로웨이스트를 지향하며 만렙 비건까지는 아니어도 천렙 정도로 건강하게 요리해 먹던 나와, 사찰 음식점을 운영했었음에도 라면과 대체육만 먹어온 범선. 우리의 살림 온도 차가 깊은 탓에 식사 시간이 두려울 때도 있었다. 그의 요리가 얼마나 지독했냐면, 기름에 다진 마늘을 센 불에 볶으면 타는 게 아니라 용해된다고 알고 있었다. 높은 가격대의 캐주얼 다이닝을 운영했던 사람이라 더욱 충격이 컸다. 모든 음식을 기름에 볶아 먹기를 즐기면서 기름때가 그윽한 가스레인지는 닦을 생각조차 하지 않았다. 고작 이거에 분개하는 내가 청소 강박이라며 되려 성질을 냈다.

주방과 집 전체를 아울러 정리 정돈, 청소, 요리 등 어디서부터 시작해야 할지 막막했다. 만난 지 한 달 만에 이미 동거를 시작해버렸는데, 이렇게 더러운 사람과 같이 살긴 싫었다. 동거 전 범선의 집 바닥에 나뒹구는 머리카락과 먼지를 보았을 때 담판을 지었어야 했다. 나는 스스로 살림을 시작한 지 3년이 조금 넘었고, 범선은 10년도 더 되었지만, 살림 실력과 시간은 비례하지 않았다. 엄마 찬스, 기숙 학교, 군대, 30년 평생 살림을 외주 주며 살아온, 가부장적 습관에 찌들어 있는 그를 내가 어찌하랴.

나도 엄마가 차려준 밥을 먹으며 자랐다. 머리 크고 본가에서 독립하며 집안 살림이 얼마나 고단한 일인지 처음 알았다. 엄마 집에 방문할 땐 괜히 일하시지 않게 미리 배를 채우고 간다. 반찬을 챙겨주시면 그 수고와 가치를 알기에 죄송스럽고 감사하다. 평생을 일과 독박 육아, 독박 살림에 시달린 엄마의 정성과 헌신을 기억하며 열심히 살림 기술을 늘리는 중이다. 채식을 시작한 후로는 함께 식사할 기회가 드물어 아쉽다.

범선과의 집안 살림은 정말이지 지난했다. 배달 음식과 가공식품에 길든 그의 입맛은 너무도 멀게 느껴졌다. 이를테면 곡류와 갖가지 채소를 골고루 섞어 드레싱과 곁들이는 샐러드 보울 따위의 곡진한 음식을 차리면, 그 위에 마요네즈나 김자반을 뿌리고 밥 한 공기를 더 얹었더니, 또 시판 비빔면 소스나 땅콩버터를 얹어 지지셰프의 맛을 망쳐버렸다. 요리는 명상이요 식사는 수행이로라 유별나게 음식에 신경을 쓰는 나와, 식사는 그저 연료 충전일 뿐 배를 가득 채우면 그만인 사람. 뭐든 잘 먹는 단순한 입맛이 참 편리하겠다 싶다가도 맨날 라면을 찾는 모습이 신물이 났다. 가공식품을 집에 들이며 일회성 플라스틱 쓰레기도 가득 쌓여갔다. 비건인 사람과 즐겁게 식탁을 공유할 수 없다니. 비건이 다가 아니라니. 엄청난 좌절감이 들었다.

백 번 양보해서 내가 압도적으로 살림을 많이 하는 게 불가피하다고 치자. 정해진 날마다 맡은 일을 해내기로 약속을 하곤, 지키지 않아 다투기를 그간 수십 번 넘게 반복했다. 여전히 그는 밀린 집안일에 화난 내 눈치를 보며 청소기를 돌리기 시작한다. 그가 집안일을 뒷전으로 미루는 이유는 간단하다. 시간이 아까워서. 집안 살림에 투자할 시간과 노동력으로 열심히 일해서 돈을 벌면, 쉽게 외주로 해결할 수 있는 일들이니까. 프리랜서에 재정난을 겪고 있는 그의 입장이 어느 정도 이해가 가지만, 나의 상황도 비슷하다. 결코 시간과 노동력이 남아돌아서 살림에 노력을 할애하는 게 아니란 말이다.

가장 골이 나는 건 이 모든 게 마땅하다는 듯한 그의 반응이었다. 살림에 예민한 나에 비해 자신은 그저 평범한 사람이라는 것이다. 직장에 다니거나 바쁘게 일하는 현대인은 대

개 사 먹거나, 살림은 대충 하며 살아간다고. 먹고 살려면 집 안일 하는 시간을 줄이고 '진짜 일'을 해야 한다며 집안일은 회피하기를 반복했다.

도대체 그 '일'과 이 '일'의 차이는 무엇인지? 마치 경제의 반대편에 위치해 합당한 노동이라 평가조차 받지 못하는 노동. 쉬지 않고 일하지만 평가절하되고 어떠한 수익도 나지 않는 노동. 집 안 뿐만 아니라 밖에서도 여성의 위치가 어떤지 여실히 입증하는 태도다. 여성은 2차 대전부터 '일', 즉 경제 활동을 하기 시작했다고 일컬어지지만, 사실 집 안에서 바깥으로 일터를 이동했을 뿐 항상 일해왔다. 오히려 돈은 적게 벌면서 남성보다 많이 일하게 된 셈이다.

이 불균형의 패턴은 페미니스트인 나의 정체성이 무너지는 듯한 고통을 준다. 내가 여성이기에 결국 살림은 나의 몫일까? 하지만 페미니스트도 아닌데 나보다 청소를 잘하고 요리 실력이 뛰어난 남자도 있기에 응당 희망을 품고 싶었다. 어디까지나 서로 다른 개인이 만나 발생하는 문제일 뿐, 젠더 갈등으로 치부되는 문제가 절대 아니리라 믿고 싶었다. 게다가 동거인은 동물해방을 위한 운동을 하며 채식도 하는, 충분히 탈가부장적인 사람이다. 그러나 역시 인간은, 아니 남자는 절대 고쳐 쓸 수 없는 걸까? 애초에 현대 사회에서 여성으로 자란 나와 남성으로 자라온 그의 사고 회로는 완전히 다를 터. 살림력을 비교하는 일은 무의미하다.

범선은 시스젠더[*] 헤테로섹슈얼 남성치고는 자기 검열도 철저하고 몹시 준수한 사고를 지녔지만, 오랜 세월 수동적으로 보살핌을 당하는 객체의 유전자가 뼛속 깊게 새겨져 어쩔 도리가 없을까. 페미니즘을 이해하고 우리의 관계를 존중한다면 최소한 약속된 일은 해내기를 바라는 것이 허망한 바람일까.

잊히는 노동과 기억되는 노동. 수많은 얼굴이 스친다. 집 안과 밖으로 지속해서 노동에 시달리던 엄마가 떠오른다. 그 원인은 당연하게도 아빠였다. 쓸데없이 민감하면서 정작 본인은 청소하지 않고 애꿎은 엄마를 나무라던, 전형적인 꼰대 가부장적 남성의 실태. 엄마는 언니와 나 그리고 동생, 3남매를 키우느라 앞뒤로 아기 보자기를 매고 출근 준비를 하며

---

[*] **시스젠더** 타고난 생물학적 성과 젠더 정체성이 일치하는 사람.

동시에 아침상을 차렸다. 물론 출산은 엄마가 했지만, 아빠는 그렇게 비협조적일 거면 우리를 왜 낳았을까. 범선이 생명에는 책임이 따른다는 당연한 사실을 망각한 채 왕손이를 펫샵에서 25만 원 주고 구매할 때와 비슷한 경우이려나.

결론을 말하자면, 범선은 나의 주장에 이론적으로 100프로 동의한다. 오래도록 살림에 나태한 습관이 몸에 배어 물리적인 동의가 더딜 뿐이라고 타협을 보았다. 비거니즘이나 페미니즘이나 냉철하고 비판적인 시각을 유지하되, 때에 따라서 타협하며 사랑을 베풀 줄도 알아야 한다. 우리는 변하려고 노력하는 사람이다. 여남을 막론하고 페미니즘은 끊임없이 변화하려는 태도에 달렸다. 비거니즘이 멈추지 않고 동물을 덜 소비하려는 노력을 의미하듯이.

고백하건대 연인이자 동지인 우리의 관계에서 살림만이 불균형의 원인은 아니다. 살림은 내가 월등하지만, 다른 것엔 그가 훌륭한 면모가 있다. 모양이 제각기 다른 우리는 서로의 빈 곳을 채워가며 조화로운 형태로 성장 중이다. 연인으로서 우리의 고군분투는 현재진행형이지만, 서로 더불어 살림하며 같은 곳을 바라보고 있다는 사실은 변함이 없다. 언제나 해결책을 바라기보단 문제를 가득 안고도 즐거운 사람이 되고 싶을 뿐이다.

살림에 대해 사유하며, 태초부터 순환을 도맡아 자연과 공존하며 생태의 뿌리를 세워온 여성의 관대함과 자비로움에 벅찬 감동을 느낀다. 아아, 거대한 자연 속 여성이 표명하는 생명이란. 애석하게도 오늘날 비하하는 표현으로 쓰임이 난무하지만, '여성적'이라는 개념은 이토록 우아한 사랑의 근원 같은 것이다. 식구가 모여 사는 살림집은 마치 생태계의 순환하는 네트워크가 축약된 작은 자연인 모양이다.

밥을 먹고 삶을 사는 일에
진심인 편

범
선

먹 고 사 니 즘

2016년 11월 12일. 촛불 집회에 처음으로 백만 명이 나왔던 날이다. 나는 그날 광화문 민중총궐기 무대에 올랐다. 밴드 '양반들'과 함께 〈아래로부터의 혁명〉이라는 노래를 연주했다. "자 한번 엎어보자!"고 외치고 혁명의 북을 마구 두드렸다. 평생 그렇게 짜릿한 경험은 없었다. 아마 앞으로도 내가 백만 명 앞에서 공연할 일은 없을 것 같다. 스물다섯 살의 전

범선은 그때 진로를 결정했다. '예술가로 살아야겠다. 글 쓰고 노래하면서 세상과 어울리고 싶다. 변화의 물결에 함께하고 싶다.' 합격했던 미국 로스쿨 진학을 취소하고, 소속사와 계약을 맺었다. 백만 촛불이 일으킨 내 인생의 일대 혁명이었다.

주변에서는 걱정이 많았다. "어떻게 먹고 살려고 그러냐?" 한국에서 로큰롤 밴드를 하면 성공은커녕 생계 유지도 쉽지 않다는 것을 잘 알고 있었다. 나는 음악만 하는 게 아니라 글도 쓸 거라고 했다. 물론 전업 작가로서 먹고 사는 일도 녹록치는 않다. 돈 안되는 일만 골라서 하는 꼴이었다. 어머니, 아버지는 나의 결정을 존중하면서도 "변호사 자격증은 따두는 게 좋지 않냐?"고 했다. 고생해서 석사까지 따놓고 '딴따라'를 한다니 안타까워 했다. 하지만 아무리 생각해도 법조인보다 예술가로 사는 것이 나에게는 옳은 길이었다. 돈보다는 재미와 의미를 좇고 싶었다. 안정적이지만 불행한 일보다는 불안해도 행복한 일을 하고 싶었다. 자식 이기는 부모 없다고, 결국 나는 '가수 겸 작가'로 살고 있다.

MZ세대의 특징으로 흔히들 '먹고사니즘'을 이야기한다. '먹고 사는 일이 가장 중요하다고 생각하는 주의.' 돈 버는 일에 급급하여 사회 문제나 정치에 무관심한 태도를 뜻한다. 나의 진로 선택은 어찌보면 먹고사니즘에 정면으로 배치된다. '요즘 애들'의 세태를 거스르는 행위라고 볼 수도 있다. 실제로 나의 고등학교 동기들 대다수는 변호사 아니면 의사다. 150명 중 10명이 국내 1위 로펌 한 곳에서 일하고 있다. 대학교 동기들 대부분은 금융, 컨설팅, IT 관련 기업에서 종사한다. 나에게 예술가로서의 길은 친구들과 멀어지는 길이었다. 함께 타고 가던 버스에서 혼자 내려 다른 곳으로 향했다. 호기롭게 나섰지만, 나도 앞으로 어떻게 먹고 살아야 할지 두려웠다.

대책이나 보험이 있었던 것도 아니다. 내가 예능 방송에 처음 출연했을 때 검색어에 '전범선 금수저'가 올랐다. 자사고 출신에 아이비리그 유학까지 다녀왔으니 그렇게 생각할 법도 하다. 자동차 부품대리점을 운영하는 부모님이 허리띠 졸라매고 지원해준 덕에 여태껏 학업에 정진했지만, 글 쓰고 노래하는 삶을 택한 이상, 생계는 나의 몫이었다. 3년 전, 아버지가 돌아가신 후에는 더욱 그랬다. 지금도 나는 대출금과 월세, 카드 값에 전전긍긍한다. 내 집 마련은 둘째 치고 전셋집이라도 얻으면 좋겠다. 먹고사니즘에 어긋나는 진로를 택해서인지 나는 동창들에 비해 생계 유지가 어렵다.

비 거 니 즘

2018년 11월 22일. 군대를 갓 전역한 나는 그날 밤 영등포 경찰서 유치장에 갇혔다. 동물권단체 '동물해방물결' 활동가들과 함께 국회의사당 돔에 레이저 빔을 쏘았기 때문이다. 태권브이가 나오던 곳에 '개 도살 금지'가 빛나는 모습은 화제가 되어 여러 매체에 보도됐다. 당시 표창원 의원이 발의한 동물임의도살금지법의 통과를 촉구하는 한편 정부의 책임 회피를 비판하는 퍼포먼스였다. 국회 밖 건물 옥상에서 발사했기 때문에 처벌받을 법적 근거는 없었다. 기껏해야 전기 절도죄였다. 나는 하루 만에 풀려났고, 검찰도 불기소처분을 했다. 스물일곱 살의 전범선은 그때 또 하나의 결심을 했다. '운동가로 살아야겠다. 나의 말과 글에 어울리는 행동과 실천을 하고 싶다.' 그것은 '변화의 물결에 함께하고 싶다'는 2년 전 바람과도 일맥상통했다.

로스쿨 대신 로큰롤, 법조인 대신 예술가로 살면서 나는 먹고사니즘을 버렸다고 생각했다. 인수공통감염병과 기후생태위기의 시대, 우리에게 필요한 태도는 비거니즘이라고 믿었다. 지구가 아프고, 동물이 아프면, 인간도 아프다는 사실을 코로나19로 뼈저리게 느꼈다. 우리 모두의 유일한 집, 지구에 함께 사는 식구들의 안위를 챙겨야 했다. 비거니즘에 관한 책 두 권을 쓰고, 세 권을 번역했다. 먹고사니즘 대 비거니즘. 개인이냐 뭇 생명이냐의 문제는 서로 어긋날 수밖에 없었다. 적어도 나에게는 그랬다. 주류에서 비주류로 벗어났던 진로 선택과 맞물려 있었기 때문이다. 그런데 얼마 전, 설거지를 하다가 문득 깨달았다. '먹고사니즘과 비거니즘은 다르지 않다. 비거니즘이 곧 먹고사니즘이다.' 힌트는 '살림'이라는 아름다운 우리말에 있었다.

살 림

엄마 생각이 났다. 불안하고 무기력한 갓난아기 전범선을 살리기 위해 어머니가 했던 모든 노동을 우리는 살림이라고 부른다. 장보기, 요리, 설거지, 청소, 빨래 등 누군가는 해야 하지만 모두가 귀찮아 하는 일. 밥을 먹고 삶을 사는 데 필수적이지만 경제적 가치를 인정받지 못하는 노동. 바깥 양반이

돈벌이에 집중할 수 있도록 집사람, 안사람, 안해가 도맡아 하는 집안일. 살림이라는 말은 이처럼 부정적이고 여성적이며 소모적으로 쓰인다. 하지만 살림은 원래 한집안을 이루어 살아가는 일, 말 그대로 집안 식구를 살리는 일이다. 그렇다면 살림을 등한시하는 오늘날의 남성중심, 인간중심 사회는 무엇에 집중할까? 바로 살림의 반대인 죽임이다.

대한민국은 한 해에 식용으로만 12억 명이 넘는 동물을 죽인다. 이미 전 세계 포유류 중 36프로는 인간, 60프로는 인간이 먹기 위해 기르는 가축, 오직 4프로만이 야생 동물이다. 공장식 축산은 인류 최악의 범죄이자 기후위기를 일으키는 탄소 배출의 주범이다. 2018년 옥스퍼드 대학의 조지프 푸어 연구에 따르면 비건이 되는 것이야말로 지구에 대한 개인의 환경적 영향을 줄이는 가장 효과적인 방법이다. 죽임의 문명은 더이상 지속 가능하지 않다. 공장식 축산 및 어업을 불매하고 채식 위주의 가까운 먹을거리를 택하는 것이 최선이다.

나는 비거니즘을 살림의 철학이자 운동이라고 부른다. '채식주의'는 부족하다. 음식 뿐만 아니라 실험, 전시, 오락 등 온갖 불필요한 이유로 인간은 동물을 죽인다. 비거니즘은 우리 사회의 최약자인 동물을 살리는 일이다. 지구라는 한집안을 이루어 살아가는 식구를 돌보는 일이다. 우리는 모두 이성적인 인산이기 전에 감성적인 동물이다. 생각하고 말하는 능력이 없어도, 고통과 행복을 느끼는 능력이 있다면 누구든지 보호받을 권리가 있다. 비건이 되는 것은 나의 먹고 사는 일이 다른 생명의 죽임인지 살림인지, 지구의 죽임인지 살림인지 따져보는 일이다. 사냥꾼이나 죽임꾼보다는 사랑꾼이자 살림꾼으로 살겠다는 다짐이다. 갓난아기 전범선을 위해 살림하던 어머니의 마음으로 지구 생명체 모두를 대하는 태도다.

올해로 채식 십년 차다. 하루 세 번, '식사'라는 의식을 치를 때마다 생명의 순환을 생각한다. 나는 비거니즘을 실천할수록 살림꾼이 될 수밖에 없었다. 밖에서 사먹는 것이 불편해서 거의 직접 요리해 먹는다. 하루 중 서너 시간은 집안 살림하는 데 쓰고, 서너 시간은 비건 운동하는 데 쓰고, 서너 시간은 글 쓰고 노래하는 데 쓴다. 로펌에서 일하는 친구들은 매일 야근에 주말도 없다고 한다. 먹고사니스트의 전형처럼 보인다. 그런데 역설적이게도, 나만큼 밥을 먹고 삶을 사는 일에 진심인 사람도 없다. 무엇을 먹고 어떻게 사는 게 좋은지. 매일 고민하고 실험한다. 예술가이자 운동가로서 나의 사명이기 때문이다.

MZ세대는 먹고사니스트가 아닐 수 없다. 불평등한 사회 구조와 기후생태위기로 인해 삶이 불안하다. 당장 내 코가 석자인데, 남의 문제에 신경 쓸 겨를이 없다. 하지만 먹고사니즘에 빠질수록 진짜 밥을 먹고 삶을 사는 일은 뒷전으로 미루는 게 아닐까? 스펙 쌓기와 커리어에 몰두하느라 제일 중요한 밥은 비윤리적이고 환경 파괴적이며 건강에도 해로운 방식으로 해치우는 건 아닐까? 지구를 죽이고 동물을 죽이고 나를 죽이는 밥을 먹고 있는 건 아닐까? 삶은 사는 데 필요한 살림은 포기하고 남에게 떠맡겨 버린 건 아닐까? 설거지를 하면서, 나는 5년 전 진로 선택이 사실은 먹고사니즘에 굉장히 충실한 결정이었다는 것을 뒤늦게 확신했다.

"어떻게 먹고 살려고 그러냐?"

사랑하는 아버지를 비롯해 나를 걱정해준 모든 분들께 이제는 자신있게 말씀드릴 수 있다.

"좋은 밥을 먹고 좋은 삶을 살기 위해 노력하고 있습니다."

비거니즘과 살림이야말로 진정한 먹고사니즘이다.

나물 된장 국수

✕ ✕ ✕

나물, 된장, 국수만 있다면 추위는 거뜬히.
겨울에 제철인 냉이, 세발나물, 시금치, 톳나물 같은 나물을 넣어보자.

READY 제철 나물 | 다시마 | 단호박 | 소면 | 양파
　　　　　재래식 된장 | 파

---

1. 냄비 하나에는 소면을 삶고, 다른 하나엔 다시마와 물을 붓고 15분 정도 팔팔 끓인다. 다시마가 어느 정도 익으면 건져낸 후, 먹기 좋은 크기로 잘라 다시 채수에 넣는다.

2. 단호박을 세로로 얇게 썰어 반주먹 정도 채수에 투하.

3. 나물을 손질하고 양파를 길고 가늘게, 파는 어슷썰어 채수에 투하.

4. 된장을 기호에 맞게 한 스푼씩 넣어가며 간을 본다.

5. 삶은 소면은 채에 걸러내 물을 제거한 후, 먹을 그릇에 담는다. 소면 위에 된장국과 채소를 알맞게 올려 먹는다.

글루텐,
진실 혹은 거짓

지
지

글루텐 프리, 글루텐 프리 다이어트, 글루텐 프리 데이. 건강 식품, 비건 베이커리, 대기업 신제품 등에서 자주 보이는 단어다. 흔히들 글루텐 프리와 채식을 연결 지어 생각한다. 건강한 식습관 열풍이 불며 유사한 카테고리에 포함된다. 위장 장애를 유발하는 밀 불내증 혹은 글루텐 알레르기 현상을 경험하는 사람들을 위해, 밀가루 대신 쌀가루를 이용해 제품을 개발하는 요식업체도 늘어나는 추세다. 내가 채식을 한다고 선포하면서 글루텐 프리 표기가 비건인 줄 알고 사다 주는 경우도 몇 번 있었다.

키토제닉, 원푸드 다이어트 같은 특정 식습관이 유행처럼 번지며 글루텐 프리 다이어트도 건강식품 시장에서 큰 자리를 차지하고 있다. 이처럼 현대 사회에서 글루텐을 둘러싼 무수한 신화와 오해는 밀 자체가 나쁜 곡물이라는 영양학적 오류를 만들고 있다. 도대체 글루텐은 무엇이고 왜 글루텐 기피증이 나돌까?

글루텐은 잘 녹지 않는 단백질 복합체로써, 글리아딘과 글루테닌이라 불리는 두 단백질로 구성된다. 이 물질은 밀, 호밀, 보리 등 특정 곡류에서 발견된다. 글루텐은 단백질의 기본 구성단위인 아미노산(amino acid)의 개별 단위체가 아닌, 여러 가지 단백질이 혼합된 형태다. 그뿐만 아니라 글루텐에는 당과 지질 등 기타 영양소도 포함되어 있다.

아미노산이 도대체 뭐냐고? 단백질이 형성되기 위해서는 아미노산이라는 구성단위가 필요하다. 이때 아미노산은 구슬, 단백질은 목걸이라고 비유를 들 수 있다. 마치 구슬을 꿰어 목걸이를 만들듯이 체에 필요한 아미노산은 총 20가지인데, 오직 20가지의 아미노산만으로 수십만 가지의 단백질을 만들어낼 수 있다. 우리 몸에서 자체적으로 생성하거나 변환 가능한 아미노산을 비필수 아미노산, 그렇지 못해서 먹어서 섭취해야 하는 아미노산은 필수 아미노산이라 칭한다.

이처럼 글루텐은 여러 단백질이 결합해 이뤄진 복합체인데, 글루텐을 단일한 물질처럼 취급되는 경우가 많다. 글루텐을 구성하는 어떤 단백질이 면역 반응을 유발하는지 살피지 않고, 무조건 글루텐이 건강에 좋지 않다는 인식이 널려있다.

적을 상대하려면 상대를 잘 파악해야 한다. 밀가루에 물을 더해 반죽하면 덩어리가 진다. 탱탱하고 찐득한 이것이 바로 우리의 적 글루텐. 글루텐의 함량이 강력분, 중력분, 박력분 등 밀가루의 종류를 결정한다. 글루텐을 이용해 밀고기를 만들기도 하고, 콩을 주재료로 만드는 콩고기에도 점성을 더하기 위해 글루텐이 첨가된다.

반대로 과자나 튀김 같은 음식은 글루텐 활성을 억제해야 바삭바삭한 식감을 살릴 수 있기에 최대한 힘을 가하지 않고 요리해야 한다. 어느 날은 평소 쓰던 박력분이 다 떨어지는 바람에 부엌에 굴러다니던 아무개 밀가루로 쿠키를 구웠더니 스콘과 빵 사이의 흐물흐물하고 이상한 결과물이 나와버렸다. 빵을 반죽할 때 기계의 힘을 빌리지 않고 손 반죽으로 글루텐을 활성화시키는 물리적 노동은 꽤나 고되다. 전통적인 제빵업이 대개 남성의 전유물이었던 것도 이 때문이다.

글루텐은 여러 가지 영양소가 함유된 단백질인데, 왜 오늘날 글루텐은 절대적인 유해 물질로 치부될까. 심지어는 글루텐이 탄수화물 중독을 유발한다는 공포 마케팅 사례도 있다. 사람들이 글루텐을 꺼리는 대표적인 이유는, 이 물질이 소장에서 발생하는 유전성 알레르기 질환인 셀리악병, 밀 알레르기, 글루텐 민감증 등 소화장애를 유발할 수 있다고 알려졌기 때문이다.

하지만 동양권에서는 발병 사례가 거의 없으며, 오히려 글루텐보다는 탄수화물 과다 섭취가 원인이라 보인다. 통계적으로 글루텐에 민감한 반응을 보이는 경우는 육식을 많이 하는 서구 인종, 특히 북유럽계에서 자주 나타나고 남부 유럽인은 적은 편이다. 미국에서는 133명에 1명 꼴로 글루텐 알레르기 반응을 보인다. 곡물을 주로 섭취하는 아시아 인종에게는 매우 드문 증상이다.

많은 사람들이 자신은 글루텐 불내증이 있다고 생각한다.

이것은 노시보 효과(플라시보 효과가 '이루어질 거라는 기대의 긍정적인 효과'를 반영한다면, 노시보 효과는 '부정적인 암시가 초래하는 부정적인 결과'를 의미한다.)일 확률이 크다는 연구 결과가 있다. 언론에서 글루텐이 나쁘다고 보도하면, 자신에게 글루텐 불내증이 있다고 믿는 사람에게 큰 영향을 끼친다. 이처럼 밀이나 기타 곡류를 섭취하는 사람들이 겪는 문제가 글루텐 때문이 아닌 경우가 많다.

고유의 체질을 살피지 않고 무조건 밀가루를 기피하기보다는 균형 있는 식단을 유지하는 게 중요하다. 같은 밀이어도 수십 가지 첨가물이 들어간 가공된 밀과 제조 과정이 투명한 유기농 밀을 먹으면 당연히 몸은 다르게 반응할 것이다.

글루텐에 얽힌 오해를 풀고 싶지만 억울하게도 나는 글루텐 알레르기가 있다. 한의원, 피부과, 내과 등 여러 병원에서 진단을 받았다. 정말 밀가루가 문제인가 싶어 오랜 기간에 걸쳐 스스로 임상 실험을 했다. 결과는 같았다. 밀가루를 먹으면 가스가 차고, 설사 또는 변비가 오고 복통이 생기고, 속이 메스껍고, 피부에 발진이 났다.

채식을 시작하게 된 계기와도 연관이 있다. 약 6년 전 면역력 저하로 인한 후천적 피부 질환이 발병했다. 극심한 통증과 염증, 간지러움으로 매일 잠을 설쳤다. 아픈 부위를 도려내고 싶을 정도였다. 용하다는 병원을 수없이 찾았는데 십중팔구는 육식과 밀가루를 줄이라고 권고했다. 그래서 육고기를 끊었더니 증상이 많이 호전됐다. 유제품도 끊으니 기적처럼 질환이 사라졌다. 물론 밀가루도 같이. 생각해 보면 글루텐 민감증은 어릴 때부터 있었으나 몸의 반응에 둔감해 몰랐거나, 질병과 함께 채식을 시작할 즈음 체질이 바뀌며 밀가루를 싫어하는 몸이 됐을 수도 있다.

탈육식 이후에 피부 질환의 종말뿐만 아니라 변비와 설사를 오가며 오랜 시간 날 괴롭히던 만성 위장장애, 만성 피로도 말끔히 사라지며 건강해졌다. 건강상의 특혜로 채식을 지속할 수 있었다.

초보 채식인일 때는 먹는 것에 대해 미숙했다. 무엇을 어떻게 먹어야 할지도 잘 몰랐고, 낯선 곳에 가면 먹을 게 없어 빵이나 감자튀김 따위의 탄수화물을 많이 먹었다. 그런 건 어디에나 있기 때문이다. 고기를 먹을 순 없어 대체로 밀가루 음식을 먹고 체하기 일쑤였다. 글루텐이 함유된 비건 콩고기는 먹을 땐 맛있지만 시간이 지나면 괴로울 걸 알기에 기쁘게 먹을 수 없었다. 지금은 내공이 쌓여 어떤 음식이든 비거나이즈(veganize, 논비건 식재료를 제외해 비건으로 수정해 먹다)해서 글루텐 프리로 먹을 수 있다.

글루텐 프리 식품을 찾아 먹기 시작했다. 밀, 호밀, 보리 등 글루텐이 있는 특정 곡류는 가루화되어 물이 더해졌을 때 글루텐이 활성화되므로 보리밥은 먹을 수 있다. 안 그래도 비건이라 사회에서 먹을 게 부족한 터라 이 사실만으로 엄청나게 기뻤다. 글루텐 프리라고 알려진 메밀, 귀리, 쌀 등은 사실 글루텐이 아예 없는 건 아니다. 함유량이 미미해 사실상 글루텐 프리인 것이다. 마치 제로 콜라의 당분 함유량이 특정 지수 이하일 때 아예 0칼로리로 표기할 수 있는 식품법 같은 경우다. 언제인가 밀 대신 메밀가루로 빵을 굽고 부침개를 해 먹은 적이 있는데, 먹고 난 뒤 밀가루를 먹었을 때처럼 알레르기 반응이 올라온 적이 있었다. 내가 워낙 많이 먹어서 그랬을 수도 있다. 뭐든 적당히 먹어야 한다. 건강하게 오래 살려면 소식하라는 옛말이 틀린 말이 아니다.

막국수 예찬론

범
선

서울에 살다가 가끔씩 춘천에 오면 할 게 없다. 심심하다. 그럴 때면 나는 으레 막국수나 먹으러 간다. 즐겨 찾는 막국수집이 몇 군데 있는데, 맛이 전부 제각각이다. 하지만 공통점이 하나 있다. 춘천 막국수는 맛이 없다. 정확히 말하면 그 맛없는 맛에 먹는다. 그러니 맛이 있다고 할 수도 있겠다.

나는 막국수가 세계에서 가장 훌륭한 음식 중 하나라고 믿는다. 미국에서 공부할 때 가장 비참했던 점은 막국수를 먹지 못함이었다. 한식당에서 비빔밥, 불고기, 순두부찌개는 팔아도 막국수는 팔지 않았다.

칼 슈츠라는 나의 대학시절 절친은 '미국의 강원도'라고 할 수 있는 아이다호 주 출신이었다. 감자로 유명한 주다. 나는 비빔밥을 먹으면서 그 친구에게 막국수 예찬론을 펼치곤 했다. "너는 막국수를 먹기 위해서라도 반드시 한국에 가야 한다. 신세계를 경험할 것이야." 같은 감자 바우이니 막국수의 정취도 이해하리라. 졸업 후 칼이 실제로 한국을 방문했을 때 나는 그에게 막국수를 먹였다.

결과는 민망했다. "왜 이런 걸 먹느냐"는 눈빛. 감자전을 시켜주지 않을 수 없었다. 예상했어야 한다. 서울서 시집 오신 나의 어머니도 막국수를 싫어하시지 않게 되는데 이십년 가까이 걸렸다. 아직도 딱히 좋아하시진 않는다. 타지 사람들은 막국수의 매력을 쉽게 느끼지 못한다. 뭐가 없기 때문이다. 부산 밀면은 적어도 육수는 사골로 만든다. 평양 냉면은 고기도 한 점 얹어 주는가 하면, 함흥 냉면은 양념장이 아주 매콤하다.

이에 비해 춘천 막국수는 양념장도 밋밋하고, 메밀면이 툭 끊기기 일쑤이며, 고명도 부실하다. 닭육수를 쓰는 곳도 있지만 동치미 국물이 대부분이다. 기름기가 전혀 없다. 소화는 얼마나 잘되는지 먹고 나면 금방 꺼져서 배가 고프다. 미국 한식당에서 팔지 않는 이유가 있다.

막국수는 막국수만 먹을 때 가장 위대하다. 감자전이나 녹두전 몇 장 얹어 먹는 정도는 괜찮다. 설탕, 겨자, 식초도 살짝만 뿌려야 한다. 막국수는 맛없게 먹을 때 가장 맛있다.

막 만들어서 막 먹는 국수라서 막국수 아닌가. 화전민의 음식이다. 흔히 알려진 막국수의 유래는 다음과 같다. 을미사변 이후 춘천에서 봉기한 의암 류인석의 의병 부대는 일본군을 피해 산 속에 들어가 화전 농업으로 연명했다. 그들은 한일병합 이후에도 화전을 떠나지 않았고, 재배한 메밀을 마을에 들고 나와 팔았다. 이 메밀을 국수로 만들어 먹으면서 춘천 막국수가 자리잡았다. 사실인지는 모르겠다. 너무 멋진 유래라서 의구심이 든다. 막국수란 꼭 의병이 아니더라도 화전민이 쉽게 먹으려고 만든 음식일 것이다. 팔도에서 가장 먹고 살기 힘든 강원도였기에 그곳에서 탄생한 막국수는 가장 먹기 쉬운 국수였다.

포어이바흐는 "사람은 곧 그 사람이 먹는 음식이 결정한다"고 말했다. 나는 '음식은 곧 그 음식을 만든 땅이 결정한다'고 생각한다. 막국수의 맛은 내게 곧 강원도의 맛이고 춘천의 맛이다. "맛있다", "맛없다"의 표현으로는 부족하다. 생각해보니 "심심하다"는 말도 부정확하다. "담백하다"가 좋겠다. 사전을 보니 '담백하다'는 '아무 맛이 없고 싱겁다'는 뜻도 있지만 '욕심이 없고 마음이 깨끗하다'는 뜻도 있다. 그 말 참 적절하다. 막국수는 아무 맛이 없고 싱겁게 먹을 때가 진짜다. 그 맛 참 담백하다. 춘천처럼. 강원도처럼.

서울에서 막국수는 족발과 보쌈의 들러리로 치부된다. 주인공 대접을 받지 못한다. 일단 면이 순메밀이 아니다. 밀가루가 잔뜩 섞여서 쫄깃하다. 글루텐이 많다는 뜻이다. 양념은 맵고 자극적이다. 기름진 고기와 함께 먹기 위한 음식이기 때문이다. 서울 막국수는 먹고 나면 속이 편치 않다. 막국수도 나처럼 타향살이 하면서 고생이 많다.

강원도 막국수는 태백산맥을 기준으로 서쪽과 동쪽이 다르다. 춘천과 같은 영서 지방은 비빔 막국수가 기본이다. 가느다란 메밀면에 매콤달콤한 고명을 얹어 비벼 먹는다. 반대로 강릉과 같은 영동 지방은 물 막국수가 기본이다. 비교적 두꺼운 메밀면을 동치미 국물에 말아 먹는다. 비막과 물막 모두 참깨와 김가루, 무채 등을 곁들인다. 주문할 때 계란만

빼달라고 하면 비건이다. 나는 비빔 막국수는 춘천 '샘밭 막국수', 물 막국수는 강릉 '삼교리 막국수'를 원형으로 여긴다. 사람마다 단골집이 다르겠지만 나에게는 이 둘이 막국수의 양대 산맥이다. 둘 다 수도권에 여러 분점을 갖고 있다.

올해 초까지만 해도 나는 완고한 샘밭 파였다. 춘천 사람으로서 물 막국수는 막국수로 쳐주지도 않았다. 샘밭을 비롯한 대부분의 춘천 막국수 집에 가면 물막, 비막이라는 구분 자체가 없다. 춘천에서 막국수란 곧 비막이다. 삼대 째 운영 중인 샘밭 막국수 집 손녀는 나의 어릴적 친구다. 나는 그의 결혼식에서 축가를 부르기도 했다. 피로연장에서 친구의 어머니는 내게 평생 막국수를 공짜로 주겠다고 약조하셨다. 물론 이후에도 매번 값을 치르고 먹었지만, 그만큼 샘밭에 대한 나의 충성은 깊었다.

편향적이라고는 생각하지 않았다. 나는 막국수의 위대함이란 자고로 그 간결함에 있다고 믿었다. 물막은 비막에다가 불필요하게 동치미 국물을 더한 꼴이었다. 동치미 국물은 따로 마셔도 일품이다. 그보다 시원하고 깔끔한 맛이 없다. 각자 충분히 온전하고 훌륭한 비빔 막국수와 동치미 국물을 무분별하게 합친 결과물이 물 막국수다. 나는 춘천 사람답게 막국수는 막국수대로 먹고 동치미 국물은 동치미 국물대로 마시리라 다짐했다. 고향이 바뀌지 않는 한 막국수에 대한 나의 지론도 흔들리지 않으리라.

하지만 지지와 함께 속초에 놀러 갔다가 물막도 비막도 아닌 제3의 막국수를 만나면서 나의 세계관은 와르르 무너졌다. 서울 사람인 지지는 나의 막국수론을 공감하지 못했다. 그는 오히려 들막이 최고라고 했다. 난생 처음 들어보는 음식이었다. 들깨 막국수라니. 신성 모독과도 같은 이야기였다. 나는 마지못해 지지를 따라 갔다. 속초 '남경 막국수'가 들막의 원형이라고 했다. 여기도 전국에 분점을 여럿 거느리고 있었다. 샘밭 파인 나는 남경 파인 지지가 아직 뭘 몰라서 그런다고 짐작했다. 나의 어머니도 막국수의 참맛을 이해하시는 데 오랜 시간이 걸렸거늘. 지지도 서울 사람이라 어쩔 수 없구나. 속초 막국수가 대단해봤자지. 흥.

주문할 때부터 낌새가 이상했다. 들막은 계란을 빼달라고 할 필요가 없었다. 그러니까 원래 비건인 것이다. 벌써 지는 기분이었다. 마침내 눈앞에 펼쳐진 들막의 자태는 간결함 그 자체였다. 참깨, 김가루, 무채도 없었다. 순메밀면 위에 들깨 가루가 푸짐하게 올라가 있을 뿐이었다. 들기름과 간장으로 맛을 낸 것 같았다. 면발은 춘천 막국수에 비해서 훨씬 오동통했다. 나는 겁을 지레 먹고 한 젓가락 들었다. 입에 넣는 순간 굴복할 수밖에 없었다. 들깨의 고소함과 메밀의 구수함 앞에 나는 새로운 고향을 찾았다. 친구야 미안하다! 샘밭 파로서의 인생을 마감하고 남경 파로 다시 태어났다.

들막은 비막, 물막에 비할 수 없는 미니멀리즘을 자랑한다. 사실상 메밀과 들깨의 조화가 전부다. 양념장을 위해 괜한 고추장이나 설탕을 쓸 필요도 없다. 매콤달콤, 단짠단짠을 단호히 거부하고 고소함과 구수함에 오롯이 집중한다. 현대 과학이 인정하는 인간의 미각은 단맛, 쓴맛, 신맛, 짠맛이다. 최근에 감칠맛과 지방맛이 추가되었다. 들막은 과학적으로 설명하자면 여전히 맛이 없다. '고소하다', '구수하다'는 말은 영어로 번역하지도 못한다. 한국어 사전도 '고소하다'는 '볶은 참깨나 땅콩의 맛과 같다', '구수하다'는 '보리차나 숭늉의 맛과 같다'고 정의할 뿐이다. 맛없는 맛의 전형으로서 막국수의 간결함을 예찬해온 나는 들막이 비막, 물막보다 고결하다고 결론지었다.

속초에서 돌아온 이후 그 맛을 잊지 못해 나는 기어코 직접 해먹기 시작했다. 한살림에서 제주순메밀면과 들기름, 들깨 가루를 샀다. 면을 삶고, 들기름과 들깨 가루를 뿌리면 끝이다. 간장과 식초, 김가루를 가끔 곁들이기도 하지만 없어도 무방하다. 라면 끓이는 것보다 간단하다. 이탈리아에는 알리오 올리오, 일본에는 모리 소바가 있다면 한국에는 들깨 막국수가 있다. 나는 정말이지 매일 들막만 먹고 살아도 행복할 것 같다.

다분히 춘천 중심적이었던 막국수 예찬론을 반성, 수정하면서 나의 신앙은 한층 깊어졌다. 비막 뿐만 아니라, 들막, 물막 모두 사랑하게 되었다. 메밀만 순메밀이면 된다. 지지는 글루텐 알러지가 있어서 밀가루를 잘 못 먹는다. 강원도에서 직접 기른 메밀과 들깨로 막국수를 만들어 먹는 상상을 해본다. 껍질만 벗긴 거친 메밀을 갈아서 굵은 국수로 뽑는다. 갓 짠 들기름으로 마구마구 비벼서 후루룩! 칼이 또 한국에 오면 들막을 한 그릇 대접할 것이다. 이번에는 실패하지 않을 자신이 있다. 미국의 말로는 형용할 수도 없는 신비롭고 깊은 맛의 세계를 선사하리라.

들기름 메밀막국수

✕ ✕ ✕

간편하고 맛있다. 게다가 글루텐 프리.
채 썬 무쌈이나 피클을 곁들여 먹으면 좋다.

READY 메밀국수(밀가루가 포함되지 않은 순메밀100프로가 중요하다.)
들기름 | 들깨가루 | 김 | 검은깨 | 간장 | 식초

---

1. 메밀국수를 먹기 좋게 끓인다.

2. 김과 검은깨를 2:1 비율로 블렌더에 간다.

3. 국수 1인분에 들기름 2큰 술, 간장 반 큰 술, 식초 1/2큰술을 넣어 잘 버무린다.

4. 그릇에 국수를 올리고, 들깨가루 1큰 술, 김깨 1큰 술을 얹는다.

Part.2

먹고 살리는 이야기

동물, 여성, 노동, 생태, 기후.
나는 이 모든 당면 과제가 결국 하나라고 확신한다.
전부 평등의 문제다.

무해한 사랑

지
지

드디어 백신 1차를 접종했다. 11월 말이라 꽤 늦게 맞은 편이다. 나는 부작용이 무섭고, 범선은 귀찮다는 이유로 미루었다. 해외여행을 위해 두려움을 감수하고 내린 결정이었다. 부작용보다 이대로라면 평생 여행하지 못할 것 같은 걱정이 더 컸다. 당일에만 접종 부위 부근이 약간 뻐근한 것 외엔 별 탈 없었다. 범선도 마찬가지였다.

그리고 열흘이 지났을까, 저녁 식사 때부터 심장이 쑤신다던 그는 일찍 잠자리에 들었다. 내내 잠을 뒤척이다 신음을 호소하며 나를 깨우곤 응급실에 데려다 달라 다급하게 부탁했다. 시간은 새벽 네 시였다. 아픈 모습을 처음 보는데 자다 깨어나 응급실에 가야 할 정도라니. 그의 고통을 흡수한 듯 공포가 시야를 덮쳤다. 함께 긴 밤을 보내고 싶었는데 일찍 잠에 들어 서운하던 마음이 민망했다. 다급하게 옷을 챙겨 입고 택시를 불렀다. 집에서 멀지 않은 곳에 응급실을 운영하는 대학병원이 있었다. 코로나 이후 응급실 포화상태가 돼서 환자를 받지 않는 경우가 꽤 많았기 때문에 다행이었다. 병원으로 향하는 길에서 백신 접종을 망설이게 하던 부작용과 사망 사례가 떠올랐다.

응급실에 도착했을 땐 심정지 환자에게 모든 의료진이 투입돼 최소 3시간은 대기해야 한다는 건조한 대응뿐이었다. 코로나 백신 등장 이후 같은 증상으로 밤낮 없이 응급실을 찾는 환자가 얼마나 많았던 걸까. 직원은 정말 대수롭지 않은 듯 절차를 진행했다. 심장이 멎은 사람도 백신을 맞고 심장이 아팠던 걸까. 불길한 생각에 점점 겁에 질렸다. 아파하는 범선을 위해 애써 침착한 내색을 보여야 했다.

건물 밖에 임시로 지어진 차가운 컨테이너 박스 안으로 이

동했다. 전신을 감싸는 보호복과 고글, 장갑, 마스크 두 겹을 착용해야 보호자 노릇을 할 수 있었다. 추워서 벌벌 떠는 범선에게 내 외투를 벗어서 덮어주었다. 먼저 PCR 검사를 했다. 음성 판정이 나와야 엑스레이와 심전도 검사를 받을 수 있었다. 그의 통증은 더욱 깊어갔다. 침대에 누워있기도 힘든 상태가 돼서 급하게 링거와 진통제를 투여받았다.

약기운 덕분에 진정돼 꿈과 현실의 중간 즈음 몽롱한 곳으로 간 그는 이제껏 보았던 모습 중 가장 죽음에 가까웠다. 희망을 가지는 동시에 죽음에 대비해야 한다는 이상한 대책을 세웠다. 보호복을 포함한 온갖 보호 장비는 불편했다. 컨테이너 안은 춥고 졸렸다. 창문으로 들어오는 빛이 점점 밝아지기 시작했다. 새벽의 푸르고 촉촉한 빛에 마지막일 수도 있겠다는 불안이 엄습했다. 빛은 사실 꽤 아름다웠다. 증언을 해야겠다는 마음으로 핸드폰을 들고 카메라를 켰다. 모든 게 지나간 나중에서야 범선은 난데없는 셔터 소리에 정신이 나간 줄 알았다고 말했다.

걱정을 가득 안고 집에 돌아와, 범선의 곁을 지켰다. 다행스레 통증은 금세 약해졌다. 아프니 돌봐달라, 즉 밥을 해달라는 환자를 위해 채소 수프를 한 솥 끓였다. 엄마가 끓여주던 따뜻한 수프를 재현했다. 토마토를 베이스로 갖가지 채소를 가득 넣은 요리로, 엄마는 '러시안 수프'라고 불렀다. 러시아 국민 음식으로 알려진 '보르시(Borscht)'는 사실 19세기 우크라이나인이 개발한 음식이다. 전통 조리법에 따르면 비트가 주재료로 쓰이지만, 엄마가 해주던 수프에는 토마토가 들어간다. 토마토를 사용한 보르시는 '홍콩 보르시'라고 불린다. 마치 한국의 짜장면처럼, 홍콩에서 러시아 음식이라고 알려져 자국민들이 즐겨 먹는다. 어떤 경로를 통해 홍콩으로 퍼졌는지 모르겠지만 조리법은 얼추 비슷하다. 범선은 수프 두 그릇을 뚝딱 해치웠다. 아프다면서 입맛은 진득하게 멀쩡했다.

나는 어린 시절부터 잔병치레가 잦았다. 피곤하거나 면역력이 떨어지면 입술에 포진이 생기거나, 한 번 감기에 걸리면 유난히 오래가거나 독감으로 번지고, 현기증이 곧잘 생기고, 자주 체하고, 배가 자주 아프고, 피로감이 심하고, 소화불량을 빈번하게 겪었다. 모부님은 맞벌이셔서 빈 집에서 끙끙 앓던 기억이 많다. 아플 땐 주로 혼자였다. 특히 정신적으로 아프기 시작한 중학생 무렵부터는 거의 매일 울고 아팠다.

내가 아프다는 것, 그게 정신병이라는 걸 전혀 인지하지 못했다. 내 상태에 대해 아무도 관심이 없었다. 병원에 가기를 권유하거나 대화를 시도하는 가족이나 친구도 없었다. 입원이나 약물 치료를 당장 시행했어야 하지만 꿋꿋이 생존했다. 약물 치료를 일찍 시작했다면 나의 시간을 조금 더 소중하게 쓸 수 있었을까? 슬퍼하느라 사라진 시간을 붙잡고 싶다.

만난 지 한 달 만에 동거를 시작한 범선과 나. 서로가 좋아서 덜컥 같이 살게 됐지만, 갑자기 바뀐 환경과 생활 양식의 편차로 인한 어려움이 있었다. 긴 시간을 붙어 지내며 수치스러운 부분이 관계 위로 드러났다. 내게는 미묘한 정리 강박이 있어 혼자 무질서한 혼란을 겪었다. 20년 넘게 다른 삶을 살아온 우리기에 대화로 쉽게 해결되지 않았다. 오랜 습관을 하루아침에 고치는 건 불가능했다.

내 통제 밖의 상황을 마주하며 스트레스를 받았다. 쌓일대로 쌓인 어느 순간부터 무감각의 방 안에 갇혔다. 감각하는 기관이 절단되어 어디론가 사라졌다. 그가 말을 걸어도 입이 쉽게 떨어지지 않았고, 눈을 뜨고 있기조차 버거웠다. 나의 신경세포들은 건강보다 우울이 훨씬 익숙하다. 이런 공황 상태에 접어들 때마다, 몸이 기억하고 쉽게 학습해 버릴까 무서웠다.

우울한 연인을 처음 대하는 범선은 종종 내가 아프면 몹시 당황스러워했다. 자신이 무얼 해줄 수 있는지 말로 설명해달라고 부탁했다. 나는 배설하듯 쓴 일기를 내밀었다.

'혼자 있고 싶은 순간이 있습니다. 마음에 잠식되어 가라앉기 시작하면 의식의 경계가 좁아져 어느 한구석에 갇혀버리곤 하지요. 시력도 안 좋아지는지 앞이 잘 보이지 않고 눈도 뜨기 힘듭니다. 장기들이 녹아서 흘러내리는 것 같습니다. 누군가 심장을 믹서기에 갈아버린 것처럼 얼얼하고 뜨겁고 무거운 돌덩이가 얹혀있는 듯 그저 아픕니다. 낙엽처럼 공중을 부양하다 사라지고 싶습니다. 하필이면 하늘은 지독하게 푸릅니다. 아름다운 날은 고통을 더 선명하게 합니다. 고통의 부재는 되려 아무것도 느끼지 못합니다. 슬퍼하느라 살지 못한 하루가 또 지나갑니다. 저는 혼자 기도합니다 내일은 괜찮아지기를…. 내일은 괜찮아지기를….'

나의 우울을 몇 차례 경험한 범선은, 어쩌다 내가 울면 함께 울기 시작했다. 사랑을 말하며 눈물이 멈출 때까지 설익은 포옹을 건넨다. 그러면 사라져 버리고 싶다는 생각이 온

데간데 희미해지고, 어서 그의 입에 정성스레 요리한 음식을 가득 채우고 싶다는 의욕이 치솟는다. 그렇게 나는 맛있는 비건 요리로 돌봄을 표한다.

채식을 시작하기에 앞서 '과연 건강할까'라는 고민을 안고 머뭇거리는 사람이 많다. 나는 비건이 된 이후 잡다한 잔병 치레가 없어졌다. 항생제와 유전자 조작 사료를 먹고, 비위생적인 환경에서 고통받다 도살되는 동물의 시체를 먹는 것과, 햇빛과 비와 바람을 잔뜩 머금은 흙에서 자란 싱싱한 채소를 먹는 것, 과연 무엇이 건강할까? 모든 사람은 고유의 체질이 있다. 변화한 식습관에 적응하는 기간이 다르다. 주저하는 이들을 위해 내가 건강한 비건의 좋은 예시가 되고 싶다. 비거니즘은 매일 나를 돌보는 치유이자 의식이다.

가끔 심리적으로 아플 때도 있지만, 지금은 병원과 약을 멀리하는 삶이 익숙하다. 대체로 건강하고 행복하다. 간혹 범선이 아프면 내가 그를 돌보고, 내가 아플 땐 범선이 나를 돌본다. 둘 다 동시에 아플 땐 온종일 살을 맞대고 이불 속에서 꿈틀댄다. 돌봄의 주파수가 잘 맞아 사랑을 듬뿍 먹고 쾌유한다. 서로를 돌보는 식구가 있어 나는 오늘도 살아낸다.

화이자 게임

범
선

모두가 백신을 맞았지만 나는 맞지 않았다. 딱히 백신 반대
론자는 아니었다. 그냥 바쁘고 귀찮았다. 누군가 와서 접종해
준다면 모르겠지만, 따로 예약을 하고 찾아가서 맞으려니 번
거로웠다. 물론 내가 아직 젊기 때문에 코로나에 대한 경각
심이 부족해서 그랬을 수도 있다. 워낙 사람을 많이 만나고
다니니, 진작에 코로나에 감염되었지만 무증상으로 지나간
후 항체가 생겼을 수도 있겠다고 생각했다. 어쨌든 나는 누

가 물어보면, "백신이요? 아, 맞아야 되는데 아직 못 맞았어요"라고 답했다.

그런데 접종률이 80프로를 넘고, 백신 패스가 도입되니, 더 이상은 안 될 것 같았다. 백신을 안 맞고 사는 게 더 불편했다. 식당이나 카페도 들어갈 수가 없었다. 갑자기 확진자가 늘어나면서 주변에도 양성 판정을 받은 이들이 생겼다. 가장 중요하게는 연말연시에 휴양을 떠나고 싶었는데, 해외에 가려면 무조건 접종 증명이 필요했다. 나는 잔여 백신 예약을 했다. 마음만 먹으면 그날 바로 무료로 받을 수 있었다.

부작용 얘기는 가끔 들었다. '친구의 친구의 직장 동료의 딸이 응급실에 갔다더라.' '후배의 동생이 인스타그램에서 봤는데 누가 죽었다더라.' 코로나가 중국 정부의 음모라는 이야기처럼 한 귀로 듣고 한 귀로 흘렸다. 나처럼 건강한 사람은 별 문제 없을 거라 생각했다. 실제로 우리 밴드 양반들 나머지 네 명도 하나 빼고 다 2차까지 맞았는데 별일 없었다. 환갑에 가까운 나의 어머니도 무탈했다. 그래도 화이자와 모더나 중 선택해야 했을 때, 나는 부작용이 비교적 적다는 전자를 택했다.

동네 소아과에서 한 시간 정도 어린이들과 함께 기다린

후, 주사를 맞았다. 오른손잡이라고 하니 왼팔뚝에다 쾅 놓아 주었다. 소아과답게 귀여운 캐릭터가 그려진 반창고도 붙여 주었다. 어지러울 수 있으니 15분만 기다리라고 했다. 나는 정말 아무렇지도 않고, 다음 일정도 있으니 미리 가면 안 되냐고 물었다. 그래도 기다리라고 해서 10분을 멍때렸다. 다시 가서 물어보니 빙긋 웃으며 가시라고 했다. 2차 접종은 3주 뒤였다. 주로 2차를 맞고 사나흘 지났을 때가 가장 아프다고 했다. 나는 '별 거 아니네'라는 마음으로 오토바이를 타고 신나게 귀가했다.

바늘이 들어갔던 부위가 살짝 불편한 것 말고는 그 날도, 다음 날도 아무 변화가 없었다. 나는 접종 당일에도 양반들과 합주를 했고, 아침마다 윗몸일으키기와 평행봉을 했다. 가벼운 운동이었다. 너무 무리하면 통증이 있을 수도 있다는 경고 때문이었다. 어차피 확률 게임 아닌가? 화이자의 주된 부작용은 심근염이나 심막염, 그러니까 심장에 염증이 생기는 것인데, 10만 명 중 5.6명, 약 0.00005프로라고 했다. 내가 그만한 불운에 당첨되지 않은 것은 너무나도 당연했다.

한편으로는 너무 멀쩡해서 이상했다. 젊을수록 아프다는 얘기를 들었다. 면역 체계가 활발해서 크게 반응한다는 것이다. 나도 이제 서른이니 면역력이 떨어졌나? 건강 상태를 의심해야 하나? 일주일 넘게 죽도록 앓은 친구도 있었다. 부작용을 바라진 않았지만 그래도 약간은 몸에서 반응이 있길 기대했다. 나는 혼란 속에서 화이자를 잊은 채 일주일을 보냈다.

12월 3일. 백신을 맞은 지 꼭 열흘이 지난 후였다. 저녁 식사 후 갑자기 가슴이 뻐근했다. 처음 느끼는 통증이었지만 그리 불편하지는 않았다. 소화 불량인가 싶었다. 자동차 시동을 켰는데 핸들 잡기가 힘들었다. 주차를 하고 집으로 걸어가는데 숨이 찼다. 불안했다. 심장이 쿡쿡 쑤시는 느낌과 호흡 곤란. '오늘 좀 피곤하긴 했지. 얼른 누워서 푹 쉬면 괜찮겠지.'

뜨거운 샤워를 하고 침대에 누워서 안정을 취했다. 등근육이 뒤에서 심장을 잡아당기는 것처럼 뻣뻣했다. 나는 옆에 있는 지지에게 좀 주물러 달라고 했다. 똑바로 누워있는 것마저 고통스러웠다. 앉아 있거나 약간 경사가 있는 상태로 기대어 있으면 나았다. 심장이 점점 굳어가는 느낌이었다. 응급실에 가야 하나? 내가 정녕 0.00005프로의 확률을 뚫고 당첨된 것인가? 믿기 힘들었고, 믿기 싫었다. 나는 일단 눈을 붙였다. 자고 일어나면 악몽에서 깨어난 것처럼 아무렇지도 않으리라.

새벽 네시. 난생 처음 겪는 통증에 눈을 떴다. 동물적으로 확신이 들었다. 이대로 있으면 심장이 멈출 것이다. 잠들기 전보다 훨씬 뻐근했다. 가만히 누워있는 것이 너무 아파서 몸을 일으켜 세웠다. 나는 급히 지지를 깨웠다.

"응급실에 가야할 것 같아."

놀란 그는 택시를 불렀다. 걷는 것이 두려워 부축을 받았다. 택시에서 나는 숨을 쉬려고 노력했다. 들이쉴 때마다 심장이 찌릿했다. 막연한 공포가 덮쳤다. 죽을 수도 있다는 걱정이 지배했다. 빨리 빨리! 응급실 앞에서 나는 매우 응급했다.

방호복을 입은 경비원이 차갑게 제지했다.

"현재 심정지 환자가 있어서 CPR 중이니, 세 시간 정도 기다려야 합니다."

나는 '그러다 나도 심장이 멈출 것 같다'고 외치고 싶었지만, 애써 평정심을 유지했다. 보호자인 지지도 방호복으로 갈아입었다. 우리는 병원 앞 주차장에 설치된 컨테이너 음압 병실에 갇혔다. 공기가 사나웠다. 침대에는 이불도 없어서 나는 벌벌 떨었다. 두려웠다. 내 차례가 오기 전에 심장이 멈추면 어떡하지? 지지가 내 손을 꼭 잡아줬다.

병실에 누우니 계속 아빠 생각이 났다. 돌아가시기 전날 밤, 아빠는 병상에 누워 눈물을 흘렸다. 나는 홀로 옆에 있었다. 내가 할 수 있는 일이라곤 손을 잡아주는 것밖에 없었다. 오랜 항암 치료로 몸이 앙상해진 그는 너무나도 작아보였다. 원래 팔십 킬로가 넘을 정도로 육중했던 사람이, 항상 내게 든든하고 크나큰 존재였던 아버지가 왜소하고 가여웠다. 아버지는 약 때문인지 환각이 보이고 환청이 들리는 것 같았다. 자다 깨더니 갑자기 엄마가 경기도 양평에 땅을 사러 가자고 했다는 둥, 해괴한 소리를 했다. 한참 멍하니 천장을 보더니 고개를 돌려 내게 말했다.

"무서워……"

아빠는 죽기 싫었다. 끝까지 살고 싶었다. 유잉 육종암이라는 원인도 모르는 희귀병으로 앓아 누웠을 때, 나는 아빠가 무슨 벼락이라도 맞은 것 같았다. 의사 역시 유전인지 환경인지 뭔지 정확한 이유를 대지 못했다. 내가 알아보니 주로 어린이의 다리 뼈에서 발견되는 종양이었다. 술, 담배도 안하고 마라톤과 산악 자전거를 즐기는 건장한 중년 남성에게 갑자기 왜 나타났는지 이 세상 누구도 설명해주지 못했다. 성실하고 자상한 나의 아버지 전남용에게 닥친 시련을 어떤 운명이나 심판이라고 받아들일 수도 없었다. 나는 억울했다. 본인은 얼마나 억울했을지 상상도 할 수 없다. 내가 기억하는 아빠의 마지막은 두려움이다. 무분별하고 무자비한 죽음에 대한 공포다. 어린 아이처럼 무섭다고 우는 아빠의 손을 잡고 나는 가만히 있었다. 같이 울고 싶었지만, 그러면 안될 것 같았다. 나에게 의지하길 바랐다. 평생 아빠가 베풀어주었던 돌봄과 사랑을 내가 조금이라도 돌려주고 싶었다.

다음날 아침, 아빠는 눈을 뜨지 못했다. 나는 핸드폰으로 나의 노래 '고별'을 재생했다. 아빠의 암 재발 소식을 듣고 쓴 곡이다.

"더 있다 가구려
해가 중천에 떴잖소
술과 만찬이
아직도 많이 남아 있는데
어찌 벌써 가시는가

더 있다 가구려

내가 이렇게 빌잖소
누가 더 빨리
가자 보채는 것도 아닌데
어찌 벌써 가시는가
이제 가면 언제 오나

안녕히 잘 가시오 그대여
안녕히 잘 가시오 그대여

다 내 탓이오
내 탓이오 나의 큰 탓이오
그러므로 간절히 바라오니
나의 천사여
나를 불쌍히 여기소서
자비를 베푸소서

안녕히 잘 가시오 그대여
안녕히 잘 가시오 그대여

우리가 다시 만나는 날에도
나는 당신의 사람일 거예요

안녕히 잘 가시오 그대여
안녕히 잘 가시오 그대여"

아빠는 끝내 눈을 뜨지 못했지만, 노래를 들으며 눈물을
흘렸다. 흐릿한 방울이 떨어지는 것을 나는 보았다. 눈을 뜨
기 위해 안간힘을 쓰고 있다는 것을 느꼈다. 입을 열려고 노
력했다. 하지만 아빠는 결국 아무 말도 하지 못하고 숨을 거
두었다. 그날 이후 나는 병원만 오면 아빠가 생각난다. 죽기
싫다면서 무서워하는 그 모습이 떠오른다. 2021년 12월 4일
오전 여섯시, 환자복을 입고 병상에 누워서 가슴을 부여잡은
나는 무서웠다. 죽기 싫었다. 영락없는 전남용 아들이었다.
　한참을 기다리니 드디어 간호사가 왔다. PCR 검사, 혈액
검사, 심전도 검사, 엑스레이 검사를 차례대로 했다. 백신 부
작용인 것 같다고 했더니 하루에도 몇 명 씩 이런 증상의 환
자가 온다고 했다. 정말 대수롭지 않아 했다. 나는 조바심이
났지만, 의료진은 나를 응급하게 대하지 않았다. 그만큼 코로

나와의 오랜 전쟁이 그들을 피곤하고 둔감하게 만든 것 같았다. 검사 결과 모두 정상이었다. 의사는 휴대 전화로 소견을 전달했다. 이상이 없다는 것은 두 가지를 뜻했다. 첫째, 심근염 등 심각한 질환을 걱정할 필요는 없다. 둘째, 통증의 원인을 정확히 알 수 없다. 그냥 진통제 맞고 시간 지나면 나아질거라 했다. 나는 의사로부터 나의 고통을 인정받고 설명받고 싶었다. 하지만 그는 바쁘고 지쳐 보였고, 나의 통증을 부정하는 것은 아니지만, 말씀드릴 수 있는 것이 딱히 없다고 했다. 혹시 또 문제가 생기면 심장내과를 내원하거나 정말 위급하면 응급실에 다시 오라고 했다.

수액과 함께 진통제가 나의 혈관 속으로 들어왔다. 잠시 피가 역류했다가 다시 들어오는데 바늘이 꽂힌 부위에서 엄청난 파장이 느껴졌다. "악!" 내가 울부짖었더니 지지가 놀랐다. 나의 고통을 그는 심각하게 받아들였다. 간호사에게 전화를 걸었지만 아무도 오지 않았다. 진통제가 조금씩 내 몸에 퍼지는 것이 느껴졌다. 나는 스르르 눈이 감겼다.

꿈을 꾸는 것 같진 않았지만 분명한 실체가 보였다. 누군가의 얼굴이 떠다니다가 갑자기 전혀 다른 공상에 사로잡히고, 다시 고통에 집중했다. 의식이 유영하듯이 쉴새 없이 움직였다. 아빠가 체험했던 약과 같은 것일까? 나는 지금 어떤 액체가 몸 안으로 들어오고 있는지 전혀 몰랐다. 물론 '화이자'라고 불리는 백신도, mRNA라는 물질도, 정확히 무엇인지 알지 못했다. 나의 정신은 신체를 이해하지도 통제하지도 못했다. 내 몸의 주권은 이미 나의 것이 아니었다. 백신을 맞겠다는 결정은 내가 내렸지만, 과연 그 결정은 얼마나 자유로운 선택이었는가? 어릴적 학교에서 맞았던 다른 백신들도 마찬가지다. 그것들에 대해서는 의문을 제기한 적이 없었을 뿐이다. 이토록 아프지 않았기 때문이다. 약이 몸을 잠재우고 마음을 몽롱하게 만들자 나는 또다른 두려움에 휩싸였다. 나의 고통은, 어쩌면 나의 죽음은, 누가 책임질 것인가? 내가 지금 여기 누워서, 돌아가신 아버지까지 떠올리면서 벌벌 떨고 있는 것이 내 잘못인가? 국가의 책임인가? 순천향대병원 의료진의 책임은 아니지 않은가?

누구의 잘못도 아니라는 생각이 제일 무서웠다. 억울했다. 아빠의 유잉 육종암과 다를 바 없었다. 국가가 미접종자에게 불이익을 주지 않았다면 나는 굳이 백신을 맞지 않았을 것이다. 내가 맞고 싶어서 맞은 게 아니다. 그런데 국가가 백신 접종을 장려하는 것은 옳은 일이다. 확률상 백신 부작용보다 코로나로 아프거나 죽을 가능성이 훨씬 크다. 이성적으로 판단했을 때, 누구나 백신을 맞는 것이 현명하다. 내년이면 모두가 백신 접종자이거나, 코로나 회복자이거나, 사망자일 수밖에 없다는 독일 정부의 입장에 일리가 있다. 나도 동의해서, 썩 내키진 않았지만 어쩔 수 없이 투여받은 것이다. 일종의 '화이자 게임'에 참여했다. 내가 뒤늦게 알게된 것은, 최근 이스라엘 연구에 따르면 심근염 부작용이 여성보다 남성에게서 열 배 가까이 많다는 것이다. 특히 젊은 남성이 고위험군이다. 죽음에 이르렀다는 보고도 많다. 나는 검사 결과 심근염이 아니라고 했지만, 비슷한 증상을 보였다. 만약 내가 화이자 게임에서 극한의 확률을 뚫고 당첨된 것이라면, 누가 책임질 것인가? 정말 죽는다면 책임이 무슨 소용인가?

병원에서는 더이상 해줄 것이 없다고 퇴원시켰다. 나는 17만원을 내고 귀가했다. 조만간 나라에서 피해 보상 관련해서 연락이 갈 거라고 했다. '국가가 책임을 지는구나. 기껏해야 17만원 주겠지.' 통증이 시작된 시간으로부터 꼭 하루가 지나니 몸 상태가 회복됐다. 마치 내가 엄살을 부렸던 것처럼 아무렇지도 않았다. 고통은 사라졌지만 공포는 가시지 않았다. 나는 2차 접종을 맞을 자신이 없다. 1차보다 2차가 부작용이 더 크다고 했다. 1차가 이 정도면 2차 때는 정말 죽을 것이다. 이는 이성적인 판단이라기보다 본능적인 반응이다. 화이자 게임을 더는 지속하고 싶지 않다.

나는 여전히 백신 찬성론자다. 공동체를 위해서라면 모두가 백신을 맞는 것이 옳다고 믿는다. 하지만 개인의 삶과 죽음, 행복과 고통은 통계로 결정할 수 없다. 모든 고통과 죽음은 절대적이다. 계량화하여 다른 고통, 다른 죽음과 비교할수 없다. 내가 아프고, 두려우면 그걸로 끝이다. 나는 아버지의 공포를 오롯이 공감할 수 없었고, 지지도 나를 완전히 느낄 수 없었다. 신체의 주권과 그 신체 내부의 판단은 철저히 개인에게 달렸다. "환자분 어떠세요? 통증이 1에서 10까지 몇 정도인가요?"라는 질문의 답은 당사자 밖에 내릴 수 없다. 누군가 아무리 내게 화이자 2차 접종이 괜찮을 거라고 의학논문을 들이밀어도 나의 불안은 가시지 않을 것이다. 12월 4일 새벽의 공포는 확정적이었다.

코로나19를 통해 우리는 21세기 생명 정치의 도래를 목도하고 있다. 오늘날 대한민국 국가 안보의 최대 위협은 북한의 핵무기가 아니다. 바이러스다. 기후생태위기다. 20세기 국가는 인접국이나 무장 단체, 다시 말해 적대적인 인간 집

단으로부터 방어하기 위해 국민의 신체를 통제했다면, 이제는 역병과 재난을 비롯한 자연 현상을 방지하기 위해 생명을 통제한다. 개인과 국가의 줄다리기는 여전하다. 앞으로 생명 정치의 핵심 논제는 건강 주권이다. 국가는 점점 복잡한 의학 논리와 발달된 인공 지능을 앞세워 개인의 건강을 진단할 것이다. 나의 몸과 마음을 나보다 국가가 더 잘 안다고 주장할 것이다. 이미 우리는 의사에게 중요한 판단을 모두 맡긴다. 국가의 방역 정책을 웬만하면 따른다. 하지만 내 목숨에 대한 책임은 나 말고는 그 누구도 질 수 없다. 여기서 생명 정치의 쟁점이 발생한다. 과연 개인은 자신의 생명에 대한 유의미한 주권을 유지할 수 있을까? 나처럼 1차 접종 맞고 하루 아픈 게 두려워서 2차 접종을 맞지 않는 것이 오히려 어리석은 게 아닐까? 내가 아무리 죽을 것 같다고 확신한들, 정말 그것이 나의 생명에 이로운 판단일까?

안보 위협에 따른 인민 통제. 국가와 개인 간의 주권 문제. 지난 세기, 자유주의와 전체주의를 갈랐던 첨예한 지점들이 이번 세기에도 이어진다. 다른 것이 있다면 공공의 적이, 공포의 대상이 인간이 아니라는 점이다. 바이러스나 암세포처럼 너무 작거나, 기후생태위기처럼 너무 크다. 실체를 특정할 수 없을 때, 우리는 진단과 처방을 소수의 권위자에게 맡길 수밖에 없다. 주권을 양도한다. 하지만 고통과 죽음이라는 결과는 스스로 떠맡아야 한다. 이것이 생명 정치에서 발생하는 자유의 역설이다. "자유가 아니면 죽음을 달라"는 패트릭 헨리의 외침이 새롭게 들린다.

개인의 생명 주권을 사수하다가 죽음에 다다르는 소식을 접한다. 영국에 사는 글린 스틸 씨는 54세 비건 남성이었다. 화이자와 모더나 등의 백신이 동물 실험을 했다는 기사를 읽은 후 그는 백신을 거부했다. 나도 화이자를 맞기 전 검색해 봤다. 논비건이라면 동물 실험을 거쳤다는 사실이 안도를 주겠지만, 비건은 고민하게 된다. 나는 백신을 맞는 것이 나를 비롯해서 더 많은 목숨을 살리고 고통을 줄이는 일이라고 판단했다. 하지만 글린은 동의하지 않았다. 그는 결국 코로나에 감염되어 2주 동안 투병하다가 21년 11월 16일 사망했다. "평생 이렇게 아픈 적이 없었다. 백신을 맞을 걸 그랬다."가 마지막 말이었다. 그의 배우자인 엠마는 모두가 백신을 맞아야 한다고 호소했다. 동물을 살리는 일이 반드시 자신을 살리는 일은 아니었던 것이다.

미국 남부 지방에는 다른 종류의 신념으로 백신을 거부하는 사람들이 많다. 리버테리언들은 개인의 자유를 최우선시 하며 백신 강요란 전체주의로 가는 길이라고 주장한다. 텍사스 같은 남부 주들은 아직도 접종률이 50프로에 그친다. 한국에서 적용 중인 마스크 강제와 백신 패스 같은 정책들은 생물 의학적인 독재라고 비판한다. 아무리 공중보건의 문제라고 해도 침범할 수 없는 개인의 자유가 있다는 것이다. 물론 백신 접종률이 낮은 곳은 그만큼 코로나 사망률도 높다. 한 사람의 자유가 다른 사람의 죽음이 된다. 때로는 본인의 죽음이 되기도 한다. 과연 그러한 죽음은 패트릭 헨리의 슬로건처럼 숭고한 것인가? 아니면 그저 철없는 어리광인가?

원하던 원치 않던, 우리는 모두 목숨을 내건 생명 정치에 참여하고 있다. 내 몸과 마음의 상태를 확실히 알지 못하면, 스스로 생명 주권을 내려놓을 수밖에 없다. 나보다 나를 더 잘 아는 바이오해커들이 나를 통제하려 한다. 국가는 역학조사를 통해 나를 감시하고 통계와 진단을 들이밀며 처방을 내린다. 마지막 결정은 내가 하겠지만, 얼마나 자유로운 선택인지 미지수다. 더 무서운 것은, 나의 자유로운 선택이 과연 나를 살릴지 죽일지 모르겠다. 불확실한 공포 속에서 주체적 판단을 보류하고 권위에게 의지하고 싶어진다. 나랏님이, 의

사 선생님이, 전문가 양반들이, 어련히 잘 알아서 하지 않을까? 뉴스에서 괜찮다고 하면 괜찮은 거 아닌가?

절대 맞지 않으려고 했건만, 2차 접종을 해야 되나 다시 고민이 든다. 나의 확고했던 판단을 스스로 의심한다. 알버트 불라 화이자 대표는 앞으로 6개월에 한번씩 백신을 맞아야 한다고 전망했다. 벌써 3차를 맞은 이도 많다. 화이자가 세계적인 판데믹을 이용해 막대한 이익을 거두고 있다는 비난에 대해 불라는 "사람을 살렸으니 보상을 받는 게 당연하지 않냐"고 반문했다. 어마어마한 돈과 무수한 목숨이 걸린 게임. 앞으로 몇 라운드까지 이어질지조차 알 수 없는 이 게임에서 나는 겨우 1라운드를 통과했다. 다음 게임에 도전하는 것도, 회피하는 것도 모두 두렵다. 어떤 선택이 나를 살릴 것인가? 나의 자유로운 결정이 과연 생명에 이로운 것인가? 그 결정의 책임은 누가 질 것인가? 화이자 게임은 앞으로의 백년을 좌지우지할 생명 정치의 서막이다.

토마토 비타민 수프

✕ ✕ ✕

우크라이나-러시아-홍콩-비건 스타일 보르시.
냉장고 속 자투리 채소를 사용해도 좋다.

READY 토마토 | 양배추 | 샐러리 | 월계수 잎 | 양파 | 마늘 | 후추
코코넛오일 | 채수

비건 우스터소스 재료 사과 식초 1컵, 간장 1/4컵 | 유기농 비정제 설
탕 1큰 술 | 다진 생강 1/2큰 술 | 겨자씨 1/2큰 술 | 다진 마
늘 1작은 술 | 정향가루 1/2작은 술 | 후춧가루 1/2작은 술

| 우스터소스 |

1. 블렌더에 우스터소스 재료를 넣고 곱게 간다.

2. 사용하고 남은 소스는 병에 담아 냉장 보관한다. 가능하면 3주 안에 먹는다.

| 토마토 수프 |

1. 깊은 냄비에 코코넛오일(없으면 식용유)을 붓고 다진 마늘과 다진 양파를 중불에 볶는다.

2. 마늘이 노릇해지면 양배추, 샐러리를 먹기 좋은 크기로 깍둑 썰어 넣는다. 우스터소스를 넣고 함께 볶는다.

3. 월계수 잎과 깍둑 썬 토마토를 넣고 10분 더 볶는다.

4. 채수를 부어 끓인다. 소금, 후추, 허브로 간을 한다.

5. 원하는 농도가 나올 때까지 뭉근히 끓여서 먹는다. 월계수 잎을 미리 빼면 먹기 편하다.

대안 가족

지
지

설날 당일이다. 내가 기획한 전시 〈반려기계를 위한 청신호〉
의 장소, 대학로에 위치한 예술 공간 '공간 풀무질'에서 천장
페인트칠을 하고 있다. 저녁 시간이 가까워지자 나는 어디론
가 급히 떠난다. 한 시간 뒤 머리카락에 페인트를 잔뜩 묻힌
채 외할머니 댁에 도착했다. 첫째, 둘째, 여섯째 이모와 이모
부, 그리고 넷째인 엄마와 사촌들이 모여 명절 음식을 먹고
있다. 외가는 딸이 여섯인데 '사회적 거리 두기 방침' 때문에

반반씩 나눠서 모인다. 그래서 오랜만에 보는 얼굴이 많았다. 도착과 동시에 질문 세례가 쏟아졌다.

"왜 이렇게 늦게 왔어? 먹을 게 없어서 어떡하니."

"괜찮아요. 밥 먹고 와서 배불러요."

비건인 내가 먹을 수 있는 음식이 없을 거라는 엄마의 사전 경고에 배를 든든히 채우고 왔다. 이미 배가 부른데 모든 할머니가 그렇듯, 자꾸만 내게 뭐라도 먹으라 다그치신다.

"쫄면이라도 먹으렴. 아니면 떡 먹어. 너 먹으라고 아껴둔 거야."

내가 항상 굶고 다니는 줄 아신다. 나는 계속 같은 대답을 꺼낸다.

"괜찮아요. 밥 먹고 와서 배불러요."

나의 말에 아랑곳하지 않고 음식을 내미시는 엄마와 할머니의 기대를 저버릴 수 없어 억지로 음식을 욱여넣는다. 배가 터질 것만 같다.

"김치도 먹으렴. 젓갈 아주 조금만 들어간 거야. 없는 거나 마찬가지야. 전보다 살이 더 빠졌네. 너 밥은 먹고 다니니? 잘 먹어야 공부도 열심히 하지."

예전 같았으면 이 말에 분개했겠지만 내성이 생겨 아무렇지도 않다. 살이 빠지긴커녕 쪘는데 할머니 눈에는 손녀가 해골처럼 보이시나 보다. 그래도 가족이라고 나를 배려하고 걱정해서 하는 말들이니 기분 좋게 받아들인다. 가족이 모이는 명절 때마다 같은 상황이 반복된다. 시트콤의 한 장면 같다. 4년 전 고기를 먹지 않는다 처음 고백했을 때 '너 비건이냐'며 나를 놀라게 한 막내 이모부도 옆에서 한 술 뜨신다.

"맛있는 비건 식당 알아봐. 이모부가 사줄게."

"아무래도 일 년 전에 하셨던 말 같은데…."

내 옆자리에서 음식을 깨작거리던 남동생 지성이가 큰 이모부의 부름에 '일등석'으로 이동한다. 식탁 두 개를 붙여 반은 남자들이 앉는 '일등석', 부엌과 가까운 쪽에는 여자들이 앉는 '일반석'이 있다. 작년에 군대를 전역한 남동생은 이모부들의 비위를 맞추며 잘 마시지도 못하는 술잔을 기울인다.

식사 시간이 끝난 후 대망의 설거지 타임이 왔다. 당연하고 익숙한 듯 요리는 이모들이 하신다. 특히 솜씨가 좋은 우리 엄마가 주로 맡아 하고, 설거지는 손녀들의 몫이다. 어릴 때는 눈치를 보며 내가 나서서 그릇을 닦았지만, 오늘은 그다지 먹은 게 없어 괜히 지성이에게 어깃장을 놓는다.

"남자가 설거지를 잘해야 예쁜 아들을 낳는대~"

착한 동생 지성이는 내 말에 깔깔 웃고는, 열심히 빈 그릇을 나르며 누나들을 돕는다. 몇 년 전만 해도 지극히 가부장적인 명절의 모습이 꼴 보기 싫고 어차피 비건인 내가 먹을 것도 없어 자리할 마음이 없었다. 백 세 시대이지만 언제가 마지막일지 모르는, 내일모레면 아흔이 되시는 할머니를 뵈러 온다. 독실한 기독교 신자에 학벌주의가 만연한 집안 분위기 때문인지 외가 가족들과는 유대감이 그다지 깊지 않다. 그렇다고 친가와 가까운 사이도 아니다. 나를 유독 예뻐해 주시고 챙겨주시던 친할머니는 고등학생 때 돌아가셨고, 엄마와 아빠가 갈라선 이후 딱히 고모들 얼굴을 볼 기회가 없다.

사촌들을 비롯한 가족은 전부 서울대, 고려대, 치대생, 미국 유학생 등 전형적인 엘리트의 삶을 살았다. 심지어 32년도에 태어나신 외할머니 이임숙 씨도 그 옛날에 중앙대를 졸업하시고, 신문사에서 일했던 화려한 경력을 가진 지식인이시다. 그에 반해 여행을 다니고 방랑하느라 뒤늦게 자아를 찾고 대학에 입학한 나는 몰래 격차를 느끼고, 공통 관심사가 없어 크게 교류하지 못했다. 다들 이십 대 중반을 넘어서며 직장생활이 얼마나 한스러운지 담소를 나누는 모습에, 사람 사는 건 다 똑같다는 생각을 한다.

지난 주말, 왕손, 범선, 그리고 사랑하는 친구 희진, 성환과
함께 춘천으로 향했다. 성환은 기후 활동가이고, 범선과 함께
비거니즘 출판사 '두루미'를 공동 설립했다. 희진은 시인이자,
'두루미'의 대표이다. 둘은 서로를 돌보는 동지이자 연인이다.
책을 각별하게 애정하는 희진과 성환은, 춘천에서 헌책방을
하시는 범선의 어머니를 뵙고 싶어 했다. 성환은 재작년 춘천
에서 반 년 정도 살아서 어머니와 익숙한 사이이다.
범선의 어머니께선 사고방식이 깨어있고 주체적인 신여성
이시다. 처음 뵌 날, 내게 "결혼에 대해 어떻게 생각해요?"라
는 거침없는 질문을 던지셨다. 나는 잠시 주춤하다, "여성을
억압하는 가부장제의 비효율적인 시스템이라고 생각해요."라
고 솔직하게 답했다. 그러자 "나도 그렇게 생각해요."라며 쿨
하게 공감해 주셨다. 애인의 어머니와 이런 대화를 할 수 있
다니. 범선은 운 좋게도 훌륭한 어머니의 돌봄과 사랑 덕에
멋진 사람으로 자랐다. 나도 운이 좋아 범선을 만나 식구가
되었다. 범선을 제외한 우리는 가족과 깊은 교류가 없어 일
종의 대안 가족처럼 비건 명절을 보내고 싶었다. 책방 구경

도 할 겸, 만두도 빚고 비건 떡국을 먹으며 연휴를 즐길 계획으로 떠났다. 가는 길에 강촌에 들러 성환이 담당한 '소 생추어리 프로젝트'의 보금자리 터를 구경했다. 소 생추어리는, 동물권 단체 '동물해방물결'에서 도살 직전의 홀스타인 남성 소 여섯 명[*], '머위, 메밀, 미나리, 부들, 엉이, 창포'를 구조해 안식처를 마련하는 프로젝트이다.

홀스타인은 '젖소'로 흔히 아는 얼룩진 소로, 네덜란드 북부 토착종이다. 개화기인 1902년, 한 프랑스인에 의해 홀스타인 여성 소 20명이 처음으로 한국에 발을 들였다. 이후 일제강점기인 30년대에 '낙농업'의 형태가 갖춰졌고, 60년대부터 한국 정부가 낙농업과 축산업을 지원하기 시작했다. 이때부터 한국은 미국, 캐나다 등에서 해마다 천 명이 넘는 홀스타인 여성 소를 데려와, 우유를 얻기 위해 착취 산업을 시작했다. 70년대 '축산업 진흥정책'에 힘을 실은 정부가 기업들에 축산업 투자 압박을 가하며, 80년대엔 대기업의 참여도 늘어났다. 많은 고기와 젖을 생산하는 '우량종자' 개량과, 적은 정자로 많은 송아지를 만드는 인공수정 기술도 등장했

[*] **명** 언어적 종차별주의를 지양하기 위해 비인간동물도 '명'으로 센다.

다. '동물해방물결'은 체격이 좋고 젖이 많다는 이유로 자행되는 홀스타인 착취의 고리를 끊기 위해 '소 보금자리 프로젝트'를 추진하고 있다. 기후위기의 주범인 축산업에 큰 영향을 끼치는 '소'라는 존재가 그저 '고기'를 만드는 상품이 아닌, 느끼는 존재로 살기를 바라는 상징적인 움직임이다.

우리는 소가 죽지 않길 바라는 마음에 맛있는 비건 떡국을 요리해 먹었다. 비건인 우리를 위해 대체육을 준비해 주신 어머니와 더불어 만두도 빚었다. 손이 많으니 만두 몇 십 개가 금방 만들어졌다. 따뜻하게 배를 채운 후, 다 같이 산에 오르며 소화를 시켰다. 산 정상에서 자연의 정기를 느끼며 "야~호!" 힘차게 소리를 질렀다. 정말 오랜만에, 어쩌면 처음으로 느끼는 행복한 명절의 모습이었다. 대안 가족과 지낸 '진짜 명절' 같았다. 비건 동지들 여럿과 함께라면, 웃음이 넘치고 맛있는 음식이 가득한 미식 잔치가 열린다.

생명 공동체

범
선

부부 아닌 식구

지지는 비혼주의자다. 절대 안 된다는 건 아니다. 결혼을 하는 것이 확실한 이득이 된다면 할 수도 있다. 예를 들어, 결혼을 해야 시민권을 딴다든가, 전세 대출이 나온다면, 도구적으로 할 의사는 있다. 그러나 기본적으로는 결혼을 거부한다. 지지의 비혼주의는 페미니즘에서 기인한다. 가부장제 사회에서는 결혼이 여성의 종속으로 이어진다. 삶의 주도권을 잡기 위해 비혼을 택한 것이다.

나는 비혼주의자까지는 아니지만 결혼에 뜻이 없다. 아이를 낳을 것이 아니라면 굳이 할 이유가 없다. 나는 아이를 원치 않는다. 적어도 지금은 그렇다. 지구상에는 이미 인간이 너무 많다. 저출산이 문제라고 하지만 나는 동의하지 않는다. 한국만 봐서는 인구가 줄고 있지만 전지구적으로는 여전히 폭발적으로 늘고 있다. 환경에 대한 영향을 줄이기 위해서는 무엇보다 비출산이 최선이다. 아무리 채식을 하고, 재활용을 하고, 재생 에너지를 써도, 아기를 낳으면 소용 없다. 인간은 태어나지 않는 것이 진정한 친환경이다. 태어났고, 살고 싶기 때문에 최대한 무해하게 살려고 노력할 뿐이다.

엠제트(MZ) 세대는 비혼주의가 대세다. 나는 밀레니얼, 지지는 제트 세대다. 우리는 결혼이 부담스럽다. 둘이 하나가 되는 것보다 각자 주체적이고 독립된 개인으로서, 상호 의존적이지 않은 동반자 관계를 지향한다. 결혼은 성평등한 사랑의 걸림돌이 되기도 한다. 비혼주의를 엔(n)포 세대의 안타까운 현상으로 보아서는 안 된다. 포기가 아닌 해방이다. 결혼과 동시에 자신의 삶을 포기했던 과거와 달리, 평생 스스로에게 집중한다.

이러한 태도는 연애에만 국한된 것이 아니다. 엠제트 세대는 통일도 부담스럽다. 왜 굳이 남북이 하나 돼야 하나? 더 이상 "우리의 소원은 통일"이 아니다. 결혼이 사랑의 필수가 아닌 것처럼 통일도 평화의 필수가 아니다. 요새는 결혼을 전제로 연애하면 첫걸음 떼기가 힘들다. 남북이 통일을 전제로 대화하는 것도 억지스럽다. 최소한의 교류라도 하면 성공이다. 결혼은커녕 전화라도 받으면 좋겠다. 사귀어보고 잘 맞는다 싶으면 결혼은 그때 생각해도 늦지 않다.

지금 같은 경제 격차에서 통일이란 식민지화를 뜻한다. 북한이 남한에 절대적으로 의존하게 된다. 양쪽 사정이 이렇게 천지 차이면 결혼이 서로 부담스럽다. 한쪽에서는 혼수 비용이 많이 들어서, 다른 쪽에서는 자존심 상해서 싫다. 신데렐라 스토리는 '남남북녀'만큼 구시대적이다. 가난한 여성이 돈 많은 남성과 결혼해서 팔자 고치는 이야기는 아름답지 않다. 통일 이후 남한 자본이 어떻게 북한의 노동력을 착취하고 자연을 파괴할지 뻔하다. 무력 통일이나 흡수 통일은 강제 결혼이나 매매혼처럼 상상만 해도 끔찍하다.

최근 들어 이성애 중심적인 정상 가족 이데올로기가 무너지는 것도 비혼주의에 한몫한다. 현재 결혼이라는 제도는 동성애, 양성애, 다자 연애 등 다양한 사랑을 포용하지 못한다. 오히려 배척한다. 출산을 전제로 남녀 커플을 장려하기 위한 국가의 장치이기 때문이다. 민족주의를 앞세운 통일도 배타적이기는 마찬가지다. 한민족이 하나 되는 일은 다문화로 나아가는 대한민국의 흐름과 배치된다. 이제는 훨씬 다채롭고 개방적인 평화를 설계해야 한다. '우리민족끼리'나 '한겨레' 같은 그릇에 모두를 담기에는 한반도가 이미 너무나도 역동적이며 세계적이다.

통일은 반드시 획일적이다. 둘을 하나로 합치는 일이다. 개성을 중시하는 엠제트는 다른 것을 똑같이 만드는 것을 싫어한다. 중앙 집중보다 지방 분산을 선호한다. 대한민국은 철저히 수도권 중심으로 돌아간다. 문화 경제적으로 지방은 서울의 식민지다. 남성 중심주의, 이성애 중심주의, 인간 중심주의 등 모든 중심주의의 근원은 바로 중심주의 그 자체다. 중심이 꼭 있어야 하고, 중심이 정상이며, 주변부는 중심을 뒷받침해야 한다는 믿음이다. 지금처럼 서울이 곧 대한민국인 이상, 우리는 중심주의에서 자유로울 수 없다. 섣부른 통일은 북한마저 수도권 중심주의로 지배해버릴 것이다.

나는 한반도에 한 나라보다 두 나라가 있는 것이 좋다. 전쟁하고 싸우는 게 싫을 뿐이다. 세 나라, 네 나라면 더 좋다. 평양은 서울과 견줄 만한 또 다른 중심으로 거듭나야 한다. 한반도 평화 프로세스가 깔때기처럼 북한을 서울로 쓸어 담는 꼴이 되면 안 된다. 일본, 중국, 러시아, 미국까지 여섯 나라가 통하는 계기가 되어야 한다. 하나로 합치는 것에 목매지 말고 둘이, 여섯이 함께 어울리면 좋겠다. 엠제트는 양자연애가 아닌 다자 연애도 인기다. 목표를 통일에서 평화로, 획일화에서 다양화로 수정하면 남북 대화와 6자 회담의 전망도 바뀐다.

노래를 바꿔 부른다. "우리의 소원은 평화." 엔포 세대가 통일까지 포기했다고 걱정할 필요는 없다. 비혼주의가 사랑의 껍데기 대신 알맹이에 집중하게 하듯이 비통일주의 역시 평화로 가는 지름길이 될 것이다. 남북한이 평화롭게 공존하기 위해 지금 필요한 것은, 통일이라는 부담스러운 목표가 아니다. 한 식구라는 자각이다. 앞으로 대한민국의 주적은 기후생태위기다. 북한의 핵무기보다 크게 안보를 위협한다. 자연 재해가 기하급수적으로 늘어날 것이며, 식량 안보도 위태롭다. 한반도의 생명 위기는 남북한이 협력해야 대처할 수 있다. 역사학자 이병한의 제안처럼 기후 부대를 창설하여 남북 군사 교류를 도모해야 한다. 목표는 통일이 아닌, 한반도 생명 공동체 구축이다. 이 땅과 주변 바다에 사는 모든 식구들, 생명체의 안위를 보전하기 위해 힘써야 한다. 따로 또 같이, 한 식구라는 운명을 공유하면서 생명 살림을 꾸려야 한다.

수신제가치국평천하라고, 나라 살림과 지구 살림을 논하기 전에 집안 살림부터 그리 해야 한다. 나와 지지는 한 식구로 살지만, 통일은 하지 않기로 했다. 결혼이 목표가 아니다. 우리 둘이 평등하고 평화롭게 공존하기 위해 반드시 하나가 될 필요는 없다. 마음은 이미 하나다. 하지만 법적으로, 경제적으로 합쳐버리는 것은 필히 한 사람의 상대적 의존을 낳는다. 지지는 아직 대학생이기 때문에 더욱 그렇다. 앞으로도 각자 어떤 삶의 여정을 떠나게 될지 모른다. 100년 인생을 내다보는 요즘, 한 사람과 평생을 산다는 기약은 숨막힌다. 결혼을 해도 졸혼과 이혼이 일반적이다. 따로 또 같이, 한 식구라는 운명을 공유하면서 집안 살림을 꾸려나갈 뿐이다. 나는 부부보다 식구라는 말이 좋다. '결혼한 한 쌍의 남녀'라는 의미로 묶이는 것보다 '같은 집에서 살며 끼니를 함께 하는 사람'으로 서로를 마주하고 싶다. 남편과 아내라는 구분은 성차별이다. 아내는 '안해', 즉 '안사람', '집사람'이다. 내외라는 말처럼 성 역할을 안팎으로 구분한다. 나는 집밖을 겉도는 바깥 양반이고 싶지 않다. 진정한 '인싸', '인사이더(insider)'는 안사람이다. 반면 식구(食口)는 말 그대로 '먹는 입'이다. 혈연 관계도 중요치 않다. 먹는 행위가 전부다. 각자의 입에 같은 음식을 넣는 것, 한 생명을 모시는 것이야말로 집안 살림의 본질이다.

에 고 아 닌 에 코

아무리 결혼을 하지 않아도, 동거를 하면 불편한 점이 많다. 혼자 살 때랑은 천지 차이다. 엠제트는 한반도 역사상 가장 개인주의적인 세대다. 핵가족마저 붕괴되어서 혼자 사는 경우가 많다. 혼밥이 일상이다. 먹는 입이 하나인 게 익숙하다. 나도 스무 살 때부터 서울에서 자취를 했다. 원룸, 오피스텔 등을 전전했다. 마음대로 사는 것에 익숙하다. 지지도 한 사람과 이토록 오래 동거를 해본 것은 처음이다. 유목민처럼 떠돌며 살아왔다. 에고가 대단한 두 사람이 한집 살림을 하니 부딪힐 때가 많다. 오늘 저녁은 뭐 먹지부터 화장실 청소는 누가 할지까지. 갈등과 조율의 연속이다. 우리는 부부로서 하나 되기는 싫어도 개인으로서 따로 살기도 싫다. 죽이 되든 밥이 되든 일단 식구로서 같은 집에 살고 싶다. 식구로 사는 건 에고가 아닌 에코로 존재하는 것이다. 나보다 우리집을 우선시하는 것이다.

사회심리학자 에리히 프롬은 1976년 《소유냐 존재냐?》에서 마음 혁명을 주장했다. "사상 최초로 인류의 육체적 생존 자체가 인간 마음의 근본적인 변화에 달렸다." 대뇌 피질의 용량을 십분 활용하여 생태 재앙으로 돌진하는 인류에게 부족한 것은 지성이 아닌 영성이었다. 프롬은 자기가 세계와 관계 맺는 양식을 소유와 존재로 나누고, 소유가 인류를 자멸로 이끈다고 경고했다. 지금, 여기, 온전히 존재하는 것이 중요했다.

인류세 절멸의 초읽기에 들어간 오늘, 프롬의 화두는 여느 때보다 시급하다. 기후생태위기는 예언이 아닌 현실이다. 문명의 존속이 의식 혁명에 달렸다. 갖기 위한 사회를 살기 위한 사회로 고쳐야 한다. 그런데 생명을 생각하면 화두부터 바꿔야 한다. '소유냐 존재냐?'는 주어가 '나'다. 휴머니스트였던 프롬에게 주체는 당연히 인간이었다. 포스트휴먼 시대, 우리는 이처럼 인간중심적인 질문 자체가 오류라는 것을 안다. 참으로 존재하기 위해서는 '나'를 앞세우는 관념부터 재고해야 한다. 인간을 초월하는 존재론이 필요하다.

'에고냐 에코냐?' 에고(ego)는 라틴어로 '나'다. 서양에서는 오랫동안 나와 남의 경계를 나누었다. 역사를 아와 비아의 투쟁으로 규정했다. 중세까지 에고는 귀족의 전유물이었다. 나머지는 귀족의 소유물에 불과했다. 노비는 에고가 없다. 일단 스스로 주인이 되어야 세상을 가질 수 있다. 에고는 소유의 필요 조건이다. 따라서 근대 이전에는 에고로서 존재하는 이가 많지 않았다. 세상을 다 가지려는 자는 귀족밖에 없었다.

자본주의와 함께 부르주아 윤리가 득세하면서 에고도 보급됐다. 기계를 노비로 삼은 현대인은 모두가 에고로서 존재한다. 누구나 주인이며 주체다. 인간이라는 이유만으로 비인간 존재를 소유할 권리가 있다. 내가 남을 갖는 것이 경제 발전이며 역사 진보다. 에고의 총량이 비대해질수록 도시는 팽창하고 생태는 파괴된다.

에고로서의 존재는 외롭다. 자기와 세계, 나와 남이 분리되어 있기 때문이다. 끝없이 소유하여 스스로 채우려 한다. 하지만 아무리 많이 가져도 부족하다. 세상은 여전히 내 것이 아니다. 자기 중심의 삶은 외로운 만큼 괴롭다. 불행과 불만의 굴레에서 지친다. 지속 가능하고 회복력 있는 사회를 위해서 우리는 다르게 살아야 한다. 에고 아닌 에코로 살고 싶다.

에코(eco)는 그리스어로 '집'인 '오이코스'에서 유래했다. '에콜로지(생태)'와 '에코노미(경제)'에 쓰인다. 에콜로지는 우리 모두의 유일한 집, 지구로서 사는 것이다. 싯다르타는 태어나자마자 '천상천하 유아독존'을 외쳤다. 우주에 나 홀로 존재한다는 것이다. 남은 존재하지 않는다는 유아론이 아니다. 나만 존엄하다는 이기주의도 아니다. 내가 곧 우주이며 우주가 곧 나라는 것이다. 모두가 부처.

에코로서의 존재는 나와 남의 경계가 없다. 숲에서 나무와 버섯이 어울려 사는 방식이다. 개체와 전체가 구분없이 하나로 존재한다. 전체주의가 소수의 머리를 위해 다수의 손발이 봉사하는 초개체라면 생태주의는 모두가 주체이자 객체로서 연결된 그물망이다. 전자는 철저히 영장류적인 사고 방식이다. 위에 있는 머리가 중심이며 아래에 있는 나머지는 거들 뿐이다. 반면 숲에는 우두머리가 없다. 아래에 있는 뿌리가 위에 있는 열매에 종속되지 않는다. 인간도 그리 존재해야 한다. 주객과 위아래 없는 네트워크로서 서로 돕고 돌보며 살아야 한다.

나는 지지, 왕손이와 하나의 에코를 이루었다. 우리집 안에는 동물이 아닌 식물, 균, 무생물도 많다. 하지만 먹는 입을 가진 건 셋 뿐이다. 집안 전체의 에너지 순환을 관리하는 일이 에코노미다. 바닥을 데우고, 먼지를 치우고, 환기를 시킨다. 아직 자급자족할 수 있는 에코가 아니기 때문에 밖에서 돈을 벌어온다. 먹는 입에 넣을 것을 아쉽게도 집안에서 구할 수 없다. 그래서 우리는 살림 통장을 개설했다. 각자 쓴 글값을 모아서 같이 장을 본다. 함께 음식을 마련하고, 몸 안에 모심으로서 우리 세 식구는 점점 하나가 된다. 부부도 가족도 아니다. 성도 다르고 종도 다르지만 우리는 같은 집에 살면서 끼니를 함께 하고 있다. 우리는 식구다.

템페 떡국

✕ ✕ ✕

지지 엄마 떡국 비건 버전.
솔직히 엄마가 해주던 것보다 맛있다.

READY 현미 떡국떡 | 무 | 템페 | 표고버섯 | 다시마 | 다진 마늘
대파 | 간장 | 후추 | 통깨

| 버섯 고명 |

1. 팬에 버섯, 간장, 물을 넣고 졸인다.

2. 졸인 버섯과 다진 대파, 다진 마늘, 통깨, 후추를 잘 버무려 고명을 만든다.

| 떡국 |

1. 팬에 기름을 두르고 먹기 좋게 썬 템페를 굽는다. 간장을 살짝 넣어 태우듯이 굽는다.

2. 냄비에 다시마, 무, 대파 뿌리, 표고버섯과 물을 넣고 20분 이상 끓여 채수를 진하게 우린다.

3. 다른 냄비에 채수를 덜어 간장으로 간을 하고, 떡을 넣어 익을 때까지 끓인다.

4. 떡국을 그릇에 옮겨 담고, 채수에서 무를 건져 채 썰어 고명으로 올린다.

5. 버섯 고명과 구운 템페도 올려 맛있는 '한 살'을 먹는다.

비건신이시여

지
지

대학 입학을 앞둔 겨울, 나는 발리 행 비행기에 올라탔다. 학업에 몰두하기 전, 한 달 동안 서핑을 즐기고 싶었다. 지구에서 파도가 가장 좋은 곳 중 하나인 발리는 인도네시아의 대형 섬으로, 한국의 제주도 같은 곳이다. 세계적으로 허니문 장소로 즐겨 찾는 관광 휴양지인 발리는 매년 600만 명의 관광객들이 드나든다. 그만큼 철저하게 관광 사업으로 운영된다. 또한 발리는 세계 5대 비건과 디지털 노마드의 성지라고 불린다. 지속가능성과 웰니스가 미친 듯이 유행한다. 건강 신봉자가 너무나 많은 나머지 온갖 식품에 GF, SF, OF, DF, EF, VG˚ 표기가 수두룩하다. 심지어 나무에서 갓 딴 코코넛 열매에도, 마스크에도, 대나무 빨대에도 있다. 원재료를 너무 투명하게 공개해 당연히 없을 것까지 있는 모양이다.

비건 문화가 확산되며 비건 지향 인구가 증가한다. 기후위기를 피부로 느끼며 지속가능성이 급부상한다. 대기업들도 꾸준히 비건 식품을 출시한다. 이처럼 긍정적인 추세에도 불구하고, 불편함을 떨쳐낼 수가 없다. '비건'이라는 단어가 상용화되며 알려지는 것은 분명히 유의미한 변화이다. 하지만 비거니즘의 기본적인 배경지식도 없이 휘발적인 자본주의의 도구로 소비되기도 한다. 가령, 근래에 코스메틱 업계에서 이러한 지점이 허다하게 발견된다. 무섭도록 많은 브랜드가 신제품을 쏟아내며 '비건' 딱지를 붙인다. 마치 유기농, 글루텐-프리, 웰빙처럼, 유행으로 번지는 하나의 가치에 불과해 보인다. 딱히 비거니즘과 연관성 없고 그저 유명한 남성

˚ **GF, SF, OF, DF, EF, VG** 순서대로 글루텐 무첨가(gluten-free), 대두 무첨가(soy-free), 기름 무첨가(oil-free), 유제품 무첨가(dairy-free), 닭 알 무첨가(egg-free), 비건(vegan)

래퍼를 모델로, "비건에 눈을 뜨다"라는 광고를 내세운다. 우습게도 사진의 모델은 눈을 감고 있다. 집 근처 버스정류장에 도배된 광고를 목격할 때마다 의아하다.

비거니즘에 대한 사전적 이해 없이 단어가 곡해되고 오용되는 현상이 안타깝다. 물론 동물을 많이 살리기 위해서는, 이유를 불문하고 최대한 많은 사람들이 비건 제품을 소비하고 채식을 하는 것이 맞다. 그러나 비거니즘은 '채식주의'가 아니다. 비거니즘의 본질은 동물권에 기반한 윤리 철학이다. 순 식물성 식단과 비거니즘은 다르다. 비거니즘 자체는 '건강, 환경 또는 여타 목적'과, '동물권'으로 분리될 수 없다. 궁극적으로 건강은 우리의 몸속에 내재된 자연을 표방한다. 개인의 참살이가 곧 사회의 참살이이고, 사회의 참살이가 생태의 참살이이다. 비인간동물은 인간동물과 공존하는 자연의 일부로서, 생태의 결연한 구성원이다. 동물의 권리는 필연적으로 자연과 공고히 연결되어 있다.

인류는 역사와 함께 자연을 끊임없이 착취해왔다. 그 결과, 2022년 우리는 기후 생태위기를 살고 있다. 당장 우리의 생존이 달린 문제이다. 이 거대한 폭력의 기저에는 비인간동물이 있다. 인간이 가하는 자연 학대의 앞 열에서 '멸종'을 강타로 맞이한다. 인간도 동물이라는 자명한 과학적 사실이 있다. 그 말인즉슨 동물의 건강이 곧 우리의 건강이다. 진정한 지속가능성이란 보이지 않는 존재를 기억하며 행동하는 것이다. 비인간동물의 권리가 모든 운동의 단단한 코어가 되어야 한다. 동물권이 단초가 된다면 우리 모두에게 이로운 변화가 도래할 것이다.

발리 땅에 발을 딛자마자 짐을 풀고 곧장 바다로 향했다. 바다에 입수한 첫날, 대왕 해파리에 왼쪽 다리를 쏘였다. 비대하게 붓고 물집이 잡혔다. 해파리의 돌기가 다리에 선명하게 새겨지니 해적 같아 마음에 들었다. 몰골이 흉한 부적과 함께, 한 달간 서핑-코코넛 워터-요가-비건 식당 투어 루틴이 생겼다. 이토록 고운 파도가 쉴 새 없이 일렁이다니, 이곳이 낙원이로구나. 발리의 바다는 태양이 무심코 흘린 반짝거리는 햇살을 품고 있다. 파도는 자꾸만 사르르 부서지고 부풀었다. 파도를 겨우 잡는 초보였지만, 그림 같은 완벽한 모양의 파도가 빛을 냈다. 어떤 파도는 아무런 힘도 들이지 않고 날 멀리 내보낼 만큼 강하고 단단하고, 어떤 파도는 금방 멈출 것처럼 여리고 말랑말랑했다. 파도 위에 서서 맑고 푸른 바다를 내려다보면 산호가 닿을락 말락 훤히 보였다.

꿈 같은 시간을 보내다 개강 하루 전, 한국으로 돌아왔다. 꿈을 욕망하기에 한 달은 역부족이었다. 나의 정신은 여전히 발리에 있었다.

특히 과일이 너무 그리웠다. 다채롭고 푸짐한 열대 과일을 맘껏 먹다 한국에 오니, 과일 값이 금값이었다. 있을 때 많이 먹을걸. 한국에서는 과일 값이 너무 오른 탓에 냉장고를 과일로 채우면 꼭 부자가 된 것 같다. 과일은 특별한 조리도 필요 없고 수분, 비타민, 식이섬유가 풍부하며 맛도 좋다. 알록달록하고 조형적으로 아름다워 오감을 만족시키는 음식이다. "먹는 법은 사는 법이다"라는 삶의 정수를 남긴, 미국의 자연주의자이자 환경운동가였던 헬렌 니어링은 과일을 최고의 음식으로 꼽았다. 자연이 주는 최상의 선물이라 찬양했다. 계절을 만끽하는 최선의 방법은 제철 과일을 실컷 먹는 것이다. 과일을 먹을 생각에 다음 계절이 기다려진다.

드디어 종강, 휴학원을 제출하고 발리로 향했다. 무교이지만 비건 신께 기도하는 마음으로 나를 갈고 닦았다. '신들의 섬'이라 불리는 만큼 여러 종교가 공존하는 발리에서 홀리하고 영성 충만한 나날을 보냈다. 섬 내륙에 정글과 화산이 있어, 산과 바다의 기운을 잔뜩 머금었다. 그곳에서 나는 경탄하기 위해 존재했다. 자연의 입체적인 형태를 이해하고 싶고, 자연이 분출하는 생명력에 화답하고 싶다는 갈망이 병립했다. 정확한 목적지 없이 자유롭게 떠돌며 자연을 탐구했다. 여행하는 삶에서 언제든 떠나려면 가벼운 짐을 유지해야 하기에, 자연스레 무분별한 소비가 줄어들었다.

인도네시아는 10월부터 4월까지 비가 자주 내린다. 거대한 플라스틱 쓰레기 섬이 우기의 조류를 타고 몇 천 개의 섬들을 배회한다. 쓰레기는 거의 인구가 밀집된 수도, 자카르타가 위치한 자바 섬에서 퍼진다. 특정 기간에는 발리의 해변이 온통 쓰레기로 뒤덮인다. 처음으로 산더미처럼 쌓인 쓰레기를 목도했다. 탄식이 절로 나오는 광경이었다. 하루는 서핑이 너무 하고 싶은 마음에, 아랑곳하지 않고 바다로 입수했다. 물병, 비닐봉지, 콘돔, 월경대, 과자봉지 등 잡다한 일회성 플라스틱 쓰레기 사이를 통과하며 역겨움이 올라왔다. '내가 지금 어떤 세상에 살고 있지?'라는 질문에서 출발해, 서핑을 포기하고 물에서 나오며 '쓰레기를 그만 소비하자'라는 결론에 도달했다. '비건'에 이어 '제로 웨이스트'에 경각심을 가지기 시작했다. 당장 죽어나는 동물이 있는데 육식을 줄이는 것만으론 부족해 아예 멈춰야 했던 것처럼, 쓰레기를 줄이는 것으로 충분하지 않았다.

발리는 지속 가능한 삶에 최적화된 곳이다. 접근성이 좋아 식료품이나 생필품을 일회성 플라스틱 포장 없이 반경 30분 내에서 구매할 수 있다. 100프로 종이 포장으로 배달도 된다. 제로 웨이스트 샵이 도처에 널렸다. 대형마트 대신, 로컬 재래시장에서 장을 보면 5분의 1가격으로 값싸고 신선한 과일과 채소를 잔뜩 구입할 수 있다. 특히 여행자와 외국인이 많이 몰리는 지역은 플라스틱-프리가 강하게 발달해, 다회용 빨대와 장바구니가 보편화되었다. 식당 열 곳 중 일곱 곳은 비건 옵션이 있다. 세계적으로 유명한 비건 셰프들이 몰려 요리 수업을 진행하고, 100프로 비건인 식당이 아주 많다.

교통 시설은 그다지 환경 친화적이지 못하다. 대중교통이 사실상 없기 때문에 자가용으로 매연을 뿜는 휘발유 오토바이를 많이 탄다. 출퇴근 시간에는 섬 내륙 공기의 질이 급격히 저하된다. 아주 가끔 자전거를 타는 사람도 보이지만, 도로가 잘 갖추어진 곳이 드물어 위험한 선택이다.

값싸고 질 좋은 가성비 넘치는 삶이 가능한 곳. 인도네시아는 거의 이슬람교가 지배하고 있지만, 발리는 인구의 90프로 이상이 힌두교 신자이다. 섬 방방곡곡에 조각상과 유적지가 있다. 자신을 '인도네시안'이 아닌 '발리인'으로 자칭하는 로컬은, 월급의 대부분을 세레모니와 기도에 쏟아붓는다는 설이 있다. 그만큼 종교와 의식을 중시하는 전통이 있다. 그래서일까? 20세기, 호주의 히피들이 발리로 넘어와 살기 시작하며 지금의 자유롭고 영적인 분위기가 형성되었다.

하지만, 아름다운 풍경 뒤에 숨은 현실은 처참했다. 개발도상국의 값싼 노동력과 자연을 착취하는 기득권만 그러한 삶을 영위할 수 있다. 잘나가는 식당은 반 이상이 외국인, 대체로 백인의 소유였고, 식당의 손님 또한 90프로 이상이 외국인, 대체로 백인이었다. 후한 팁 문화에도 로컬의 월급은 30만 원을 넘기지 못했다. 발리는 그야말로 '화이트 파라다이스'이다. 관광 사업으로 매년 경제 호황기를 맞는 기득권에 비해, 로컬의 삶은 항상 궁핍하고 가난하다.

이 사실 앞에 마냥 편안하고 자유로울 수는 없었다. 내게 일종의 책임감이 전가되었다. 젠트리피케이션을 벗어나 로컬 경제에 일조하고자 심혈을 기울였다. 외식할 때면 발리인이 운영하는 식당에 가거나, 발리인이 만든 제품을 소비하려 노력했다. 그래도 찝찝함을 떨쳐낼 수 없었다. 나는 그저 가성비 좋은 삶에 끌려 외국에서 넘어온 권력자에 불과했다.

먹고 사랑하고 기도하며 느리게 호흡하는 발리의 삶. 3년 넘게 거주하니 결국 나태해지는 나의 모습에 질려버렸다. 좋은 책을 구하기 어렵다는 핑계로 매일 먹고 놀며 지적으로 게을러졌다. '치유'라는 이름으로 거행되는 비과학적인 음모론도 너무 많아 심기가 불편했다. 슬로우 라이프는 충분히 지낸 것 같고, 여행이 일상처럼 익숙해지니 몹쓸 역마살이 도졌다. 학구열을 견디지 못하고 유학을 준비하기 위해 한국으로 돌아왔다. 해가 두 번 지나간 지금, 역병으로 인해 계획은 와해되었다. 지금은 범선을 만나 지적인 열망을 분출하느라 바쁘다. 어서 코로나가 감기 같은 수준의 바이러스가 되었으면 좋겠다. 내키면 발리로 훌쩍 떠나 파도를 타고 싶다.

살리는 힘,
살림의 정치

범
선

2022년 20대 대선 제1 보수 야당 선거대책위원회 이름은 '살리는 선대위'였다. 희망을, 정의를, 국민을, 나라를 살리는 힘이 되겠다고 했다. 그러나 그 후 당은 살리는 선대위의 의미를 퇴색시켰다. 유권자들의 머릿속에는 '멸공'과 '안티페미니즘' 논쟁만 남았다. 보수 야당은 '공산당이 싫어요'를 외치는 6070 태극기 부대와 '페미는 정신병'을 외치는 2030 남초 커뮤니티를 공략했다. 지지율은 반등했다. 사회관계망서

비스에 '여성가족부 폐지' 일곱 자로 공약 발표를 했다. 대한민국 보수 후보의 단골 메뉴인 반공산주의가 반여성주의로 계승되는 역사적 현장이다.

혐오는 잘 팔린다. 편을 가르고 화를 부채질하면 힘이 모인다. 그러나 그 힘은 살리는 힘이 아니다. 죽이는 힘이다. 멸공, 공산주의자를 멸하는 것은 어떻게 읽어도 폭력이다. 한반도 북반부의 사람들을 처부수어 없애자는 뜻이다. 아니, 그들이 먼저 우리를 위협하지 않는가? 대한민국 사람이라면 공산당이 싫은 게 당연하지 않나? 자유주의자인 나 역시 공산당이 싫다. 그러나 멸공을 외치는 순간 그 사람은 자유주의자가 아니다. 다원주의와 관용이 기본인 리버럴리즘은 누구도 타자화하여 멸하지 않는다. 나와 다르고, 심지어 나를 위협하는 존재도 포용한다. 그것이 자유주의가 공산주의보다 우월하고, 대한민국이 조선민주주의인민공화국보다 아름다운 이유다. "꼬우면 북으로 가라!"고 성내는 이야말로 가장 북한에 어울리는 전체주의적 인간이다.

반여성주의 언어도 폭력이 난무한다. '멸녀'에 가깝다. 아니, 페미들이 먼저 남성을 혐오하지 않는가? 대한민국 남성이라면 '한남' 운운하는 페미니스트가 싫은 게 당연하지 않나? 한국 남성인 나 역시 일부 배제적인 여성주의를 경계한다. 공산주의, 즉 급진 사회주의가 노동자와 자본가의 투쟁을 필연으로 보듯이 급진 여성주의는 여성과 남성의 갈등이 불가피하다고 본다. 하지만 남혐이 있기 전에 여혐이 있었으며, 강남역 살인사건과 엔번방 사건이 있었다는 사실을 기억해야 한다. 한국전쟁은 남침이 원인이지만 젠더 갈등은 남혐이 원인이 아니다. 문명사만큼 뿌리 깊은 가부장제 때문이다. 반공주의가 반자유이기 때문에 반동이라면 안티페미니즘은 반평등이기 때문에 백래시, 즉 반동이다.

언론에 비친 엠제트(MZ)세대는 화가 나 있다. 화난 사람들의 목소리는 크다. 우르르 몰려가 댓글을 달고 신상을 턴다. 조롱하고 헐뜯는다. 후보들은 이기기 위해 목소리 큰 사람들의 눈치를 본다. 그러나 단언컨대 엠제트세대의 절대다수는 화가 나 있지 않다. 화낼 기력도 없다. 불평등과 불공정으로 희망을 잃었다. 기후생태위기와 4차 산업혁명으로 미래가 불투명하다. 불안하다. 나아질 기미가 없으니 세대 전체가 사회적 약자라고 느낀다.

나는 싸워서 이기는 정치가 아닌 살리는 정치를 원한다. 살림하듯이 정치해야 한다. 집안에서 딸아들이 다투면 양쪽

이야기를 들어보고 공감하는 게 우선이다. 중재하고 통합하여 화목하게 해야 한다. 식구 모두가 나아질 거라는 희망이 필요하다. 갈라치기하여 한쪽 편을 들고 갈등을 부추기는 건 나쁜 아버지다. 한 나라를 이루어 살아가는 일, 나라 살림의 기본은 집안 살림과 마찬가지로 사랑과 연대다. 혐오와 분열은 죽임의 힘이다.

사랑은 지혜롭고 혐오는 어리석다. 혐오를 일삼다 보면 말 그대로 얼이 썩는다. 살리는 힘, 살림의 정치가 필요하다. 나라를 이끌어갈 이들이 살림의 기본을 잊어서는 안 된다.

21세기 진보 정치의 과제는 적녹보의 통합이다. 적색(노동), 녹색(생태), 보라색(여성)이 하나의 진영으로 힘을 모아야 거대 양당 구조를 넘어설 수 있다. 더불어민주당과 국민의힘은 사상적 차이가 거의 없다. 둘 다 결국 신자유주의 정당이다. 무한 성장과 시장 경쟁을 전제로 공정만을 따진다. 고작 누가 덜 위선적인지를 두고 싸운다. 평등과 해방의 가치는 실종되었다. 민족주의와 국가주의가 무너지면서 공동체 의식도 결여되었다. 각자 도생의 오징어 게임 속에서 모두가 요행을 바랄 뿐이다. 부동산, 주식, 암호 화폐 밖에 답이 없다. 양당의 주거니 받거니 선거를 보는 국민은 희망을 찾기 힘들다. 변화의 기미가 보이지 않는다.

적녹보를 아우르는 정치는 무엇에 집중해야 할까? 정의, 진보, 사회주의, 노동, 기본소득, 녹색, 미래 등등. 현재의 담론은 여러 키워드로 나뉘어 있다. 노동해방, 민족해방, 민중해방, 여성해방, 퀴어해방, 장애해방 등 여러 층으로 운동이 전개된다. 하지만 모든 사회적 불평등과 억압은 하나로 연결되어 있다. 그리고 그 가장 밑바닥에 비인간동물이 있다. 동물해방은 역사상 수많은 해방 운동의 연장선상에서 제일 늦게 출발했다. 가장 큰 이타주의가 요구된다. 동물해방은 모든 인간해방을 포괄하며, 동물권은 인권을 포함한다. 우리는 인간이기 전에 동물이다. 동물이 아닌 사람은 없다. 노동자이지만 여성이 아닐 수 있고, 여성이지만 노동자는 아닐 수 있다. 그래서 계급과 젠더의 선후, 경중을 따질 때 갈등이 생긴다. 정체성 정치의 영역으로 들어가면 더 첨예하다. 끝없이 경계가 나눠진다. 하나의 우산 아래 모일 수 없다. 이제는 인권의 패러다임을 넘어 동물권과 생명권으로 나아갈 때다. 인권이라는 아젠다는 더이상 진보의 상상력을 규합하지 못한다. 우리는 각자 무수한 정체성을 갖고 무지개처럼 다양한 욕망을 가진 주체일지라도, 결국 다 동물이다. 고통을 피하고 행복을 추구하는 생명이다. 진보 운동은 동물해방과 생명살림에 이르러서야 궁극의 '빅텐트'를 설치할 수 있다.

　나는 비거니즘이 앞으로 진보 정치를 통합하는 계기가 될 것이라 믿는다. 동물해방을 말하면서 모든 인간의 해방을 말하지 않을 수 없다. 비건이라면 페미니스트이자 생태주의자일 수밖에 없다. 물론 사전적 정의에 입각해서 보면 동물해방이 반드시 적색, 녹색, 보라색을 뜻하지는 않는다. 비건이지만 노동, 생태, 젠더 문제에 무관심할 수도 있다. 하지만 실질적으로 우리 주변을 둘러보면 그렇지 않다. 비건은 대부분 다른 사회적 불평등에 대해서도 민감하다. 모든 것이 연결되어 있다고 느끼기 때문이다. 결국 언어의 문제다. 비거니즘, 페미니즘, 에콜로지, 이런 식으로 나누면 각자 다른 개념처럼 보인다. 동물, 여성, 노동, 생태, 기후 등등 여러가지 문제로 인식된다. 하지만 나는 이 모든 당면 과제가 결국 하나라고 확신한다. 전부 평등의 문제다. 자고로 진보란 공정이 아닌 평등을 추구해야 한다. 현대 문명의 뿌리 깊은 지배형 문화를 협력형 문화로 바꾸는 일이다. 육식, 남근, 로고스 중심적인 자본주의를 공존, 공생, 상생의 체제로 판올림해야 한다. 근대 문명에서 생태 문명, 생명 문명으로 나아가는 것이다.

비거니즘이라는 말로는 그 통일성이 드러나지 않는다. 비거니즘이 왜 페미니즘이자 에콜로지인지 분명하지 않다. 나는 비거니즘을 '살림'이라고 번역한다. '채식주의'가 아니다. 고기를 먹지 않는 것보다 동물을 죽이지 않는 게 중요하다. 비거니즘은 탈육식이기 전에 죽임 반대다. 다시 말해 살림이다. 살리는 철학이자 살리는 운동이다. 인간 뿐만 아니라 모든 느끼는 존재(sentient being)를 '세이브(save)'하고 '케어(care)'함이다. 비거니즘을 채식주의가 아닌 살림이라고 부르는 순간, 적녹보로 곧장 이어진다. 이러한 연결은 한국어를 쓰는 사람만 직감할 수 있다. 전지구적 진보 정치의 과제인 적녹보 통합의 열쇠가 한반도의 살리미들에게 주어진 것이다.

살림은 탈성장이다

살림이란 무엇인가? 우리는 일상적으로 살림을 '하기 싫은 집안일'이라는 의미로 쓴다. 주로 여성 주부가 전담하는 가사 노동이다. 하지만 살림은 원래 '한집안을 이루어 살아가는 일'이다. 식구를 살리기 위해, 삶을 살아가기 위해, 집안의 지속 가능성을 위해 필요한 모든 노동이 살림이다. 먹고 나면 제자리에 돌려놓고, 더러워지면 청소하고, 입은 것은 빨고, 널고, 개고, 정리하여 다시 입는다. 무한히 돌고 돈다. 살림은 성장이 아닌 순환이다. '원위치' 시키는 게 전부다. 살림하는 사람에게 무한 성장을 이야기 하면 손사래를 칠 것이다. 그러면 청소는, 뒷처리는 누가 할 것인가? 지금 지구가 처한 현실이 그러하다. 살림을 외주 주고 죽임을 일삼는 자들이 경제 성장이라는 이름으로 싸질러 놓은 똥이 너무 많다. 지구라는 우리 모두의 유일한 집이 쓰레기로 가득 차고, 불타오르며, 파괴되고 있다. 살기 힘든 집이 되어 간다. 살림을 등한시했기 때문이다. 개개인의 집이 그러하듯 뭇 생명의 집인 지구 역시 유한하다. 유한한 곳에서 무한히 성장할 수는 없다. 아이를 키우는 가정은 어느 정도 성장과 확장이 필요할 때도 있다. 하지만 어느 시점이 지나면 성장은 멈출 수밖에 없고, 멈추어야 한다. 살림 살이가 계속 늘어나는 것은 누구에게도 좋지 않다. 인류는 이미 미성년기를 지났다. 머리가 커서 대지의 어머니와 하늘의 아버지를 업신여긴다. 우주선을 타고 가출하겠다고 큰소리친다. 사춘기와도 같았던 지난 근대 사백 년. 뉴턴과 데카르트를 거치며 이성을 과신했던 시기에는 인류 문명의 폭발적인 성장이 있었다. 원래 사춘기 때는 쑥쑥 자란다. 하지만 이제는 더 클 수가 없다. 남극에서 북극까지 지구상에 인간이 점유하지 않은 곳이 없다. 집이 꽉 찼다. 자본주의는 식민주의를 통한 무한 확장의 약속 없이는 굴러가지 않는다. 그래서 자본가들은 항상 정복과 착취에 힘썼고, 오늘도 세계 1위 갑부인 아마존의 제프 베이조스는 우주 식민지를 주장한다. 이제 그만할 때다. 성장을 멈추어야 한다.

경제를 이야기하면 당연히 성장해야 할 것 같다. 경제의 목표가 성장 아닌가? 내년에는 GDP가 몇 프로 오를지가 정부의 최대 관심사다. 경제적인 행위란 곧 성장에 도움 되는 일이다. 하지만 경제를 살림으로 바꿔 부르면 전혀 느낌이 다르다. 살림 성장은 어색하다. 그런데 원래 경제와 살림은 같은 말이다. 경제의 어원은 영어의 에코노미(economy)다. 에코노미는 고대 그리스어 '오이코스노모스'에서 왔다. 오이코스는 집, 노모스는 관리를 뜻한다. 오이코스노모스는 집안 관리, 즉 살림이다. 에코노미를 근대 일본에서 경세제민(經世濟民), 세상을 경영하고 백성을 구제한다는 말로 번역했다. 경세제민의 준말인 경제는 살림과 어감이 매우 다르다. 훨씬 권위적이고 시혜적이다. 국가 경제 대신 나라 살림을 쓰면 우리가 무엇을 해야 하는지 자명해진다. 경제 뒤에는 성장이나 발전이 붙는다면 살림 뒤에는 살이가 자연스럽다. 살림은 살기 위한 것이다. 무한히 자가 증식하는 게 아니다. 경제는 권력자가 다스리는 방식이라면 살림은 식구가 밥을 나누는 방식이다. 경제라는 일본의 오역을 버리고 살림이라는 순우리말을 써야 한다. 21세기 나라 살림은 탈성장일 수밖에 없다. 자본 축적과 소득 증대가 아닌 생명 지속과 행복 증진이 목표다. 노동해방과 사회주의 담론의 최전선에서 자본주의의 대안으로 제시되는 탈성장은 이렇듯 살림을 통해 비거니즘과 만난다.

살림은 에콜로지다

살림은 에코노미일 뿐만 아니라 에콜로지(ecology)다. 경제학과 생태주의는 흔히 상극처럼 여겨진다. 전자는 성장, 후자는 순환을 이야기하기 때문이다. 하지만 에콜로지의 어원은 에코노미와 비슷하다. 오이코스에 로고스(logos)를 붙인 것이다. 집안의 논리를 뜻한다. 에코노미와 에콜로지의 차이는 천문학(astronomy)과 점성학(astrology)의 차이와 같다. 방법이 다를 뿐 목적은 같은 학문이다. 집안 관리와 논리는 매한가지다. 모두 살림이다. 생태주의, 특히 심층 생태주의는 전지구적 공동체를 자각하는 영적 깨달음에서 시작한다. 지구가 우리 모두의 집이며, 뭇 생명은 전부 식구다. 집 자체도 하나의 생명이자 식구인 '가이아'다. 지구 살림은 결국 집안 살림과 다름 없다는 철학이 바로 에콜로지다. 동식물 등 유기물 뿐만 아니라 무기물까지 소중히 여긴다. 만물이 하나의 그물망으로 연결되어 상호 관계 속에 상생한다. 집안 살림이 원위치가 전부이듯, 지구 살림 역시 순환이 전부다. 어떻게 하면 인류가 책임 있는 식구로서 지구의 유한한 자원을 빌려쓰고 돌려줄 것인지 고민해야 한다. 에콜로지의 화두인 지속 가능성은 모든 살림꾼의 염원이다. 닫힌 체계인 지구에서 언제까지 먹고 싸고 만들고 쓸 수 있을지. 이러다가 식구들이 굶어 죽거나 집안이 망하는 건 아닌지 걱정한다. 녹색, 생태주의 담론은 곧 지구 살림이기 때문에 역시나 비거니즘으로 통한다. 지구는 80억 육식 동물을 지탱할 수 없다. 인간이 자기 입맛만 챙기려고 다른 식구를 학대하고 착취했기 때문에 기후생태위기가 도래했다. 참된 생태주의자는 비건이 되어야 한다. 살기 위해 어쩔 수 없으면 몰라도 불필요하게 다른 식구를 죽이는 건 옳지 않다. 동물 죽임은 지구 살림일 수 없다. 탄소 배출과 생태 파괴로 이어지는 명백한 지구 죽임이다.

살림은 페미니즘이다

근대 경제학, 에코노믹스(economics)의 아버지인 애덤 스미스는 '보이지 않는 손'을 이야기했다. 본인이 저녁 식사를 할 수 있는 것은 양조업자, 제빵사, 도축업자의 자비심이 아닌 이기심 때문이라고 주장했다. 보이지 않는 손이 수요와 공급을 맞추기 때문에 경제가 돌아간다고 봤다. 스미스는 국부론》(1776)을 쓰기 전에 《도덕 감정론》(1759)을 썼다. 경제학자이기 전에 윤리학자였다. 보이지 않는 손을 자신이 역사상 처음 알아봤다고 주장함으로써 스미스는 하나의 새로운 윤리관을 제시했다. 중세까지만 해도 사악하다고 평가됐던 개인의 이기심에 도덕적 정당성을 부여했다. 각자 이기적으로 살아도 결국 시장을 거치면 사회 전체로는 이타적인 결과가 나온다는 것이다.

하지만 정작 스미스의 저녁을 차려준 건 그의 어머니 마가렛 더글라스였다. 그가 경제학의 기틀을 닦고 자본주의의 작동 원리를 설파할 수 있었던 건 살림을 어머니에게, 여성에게 외주 주었기 때문이다. 여성의 가사 노동 뿐만 아니라 흑인 노예의 노동, 나아가 비인간동물의 노동을 인정하지 않은 것이 근대 경제학의 치명적 오류다. 석탄, 석유를 비롯한 자연 자원을 유한 자본으로 보지 않고 무한 소득으로 여긴 것 또한 마찬가지다. 애초에 무한 경제 성장의 그래프와 수치가 성립할 수 있었던 것은 타자화된 비인간 존재들(과거에는 여성과 유색 인종과 노예도 비인간적 존재였다)의 노동에 대한 값을 치르지 않았기 때문이다. 살림을 위해 필요한 모든 에너지의 비용을 오롯이 치르고 나면 성장은 있을 수 없다. 본디 에너지는 순환만이 있을 뿐이다. 에너지 보존 법칙은 물리학의 기본이다. 열역학 제1법칙이다. 누군가 에너지를 얻으면 누군가는 잃는다. 무한 에너지 성장은 없다. 스미스가 저녁 식사로 에너지를 얻을 수 있었던 것은 도축업자의 이기심이 있기 전에 동물의 죽음이 있었기 때문이며, 무엇보다 어머니가 에너지를 쏟아서 밥을 차려주었기 때문이다. 그 위대한 애덤 스미스의 눈에도 어머니의 손은 보이지 않았다. 살림의 철학이란 일단 밥이 어디서 오는지, 누가 어떻게 차리는지 곰곰이 따져보는 일이다.

가부장제가 여성의 몫으로 할당한 살림의 가치를 알아보

는 것이 페미니즘의 시작이다. 세계에서 가장 성평등한 나라, 아이슬란드의 여성들은 1975년 10월 24일, 다같이 휴업했다. 광장에 모여 성차별과 임금 격차를 비판했다. 아이슬란드 역사상 그날 소시지 판매량이 가장 높았다. 살림에 미숙한 남성들이 간편식을 찾은 것이다. 한국이었다면 라면 판매량이 치솟았을 것이다. 여성이 살림 노동을 멈추니 나라가 바뀌었다. 이듬해 양성평등임금보장법이 통과되었고, 1980년에는 세계 최초로 여성 대통령이 당선되었다. 보이지 않던 손이 작동을 멈추니 비로소 그 가치가 보였다. 살림의 영역에는 돌봄, 환대 등의 서비스 노동과 청소, 요리 등의 손발 노동이 포함된다. 모두 삶을 살아가는 데, 생명을 지속하는 데 필수적이지만 저평가 받는 노동이다. 여성의 역할로 치부되기 때문이다. 대한민국의 성별 임금 격차는 거의 반토막 수준이다. 아이슬란드는 90프로에 가깝다. 비거니즘은 살림의 가치를 전면에 내세운다. 생명을 돌보는 일, 먹거리를 챙기는 일이 그 무엇보다 중요하다. 밥상에서 시작하는 혁명이다. 살림을 통해 비거니즘은 페미니즘과 하나 된다.

19세기 말, 조선 개혁의 과제는 유불선의 통합이었다. 유교, 불교, 도교(선교)를 융합하여 서양 학문, 즉 서학에 대응하는 것이었다. 그렇게 등장한 것이 동학이다. 동학의 2대 교주인 해월 최시형은 향벽설위(向壁設位) 대신 향아설위(向我設位)를 주장했다. 제사를 지낼 때 벽을 향해서 밥을 두지 말고 나를 향해서 두라는 것이다. 밥을 먹는 주체가 죽은 귀신이 아닌 살아있는 인간이 되어야 했다. 동학은 밥의 문제에 주목하면서 생명의 소중함을 이야기했다. 천지인이 하나이며 만인이 평등하다고 했다. 20세기 말, 동학을 계승한 것이 〈한살림선언〉이다. 한살림에는 위에 말한 탈성장과 에콜로지와 페미니즘이 이미 녹아있다. 한반도에서 나온 사상 중 가장 진취적이다. 하지만 비거니즘이 빠졌다. 생명 살림, 밥상 살림, 지구 살림을 모토로 하는 한살림 매장에서 버젓이 고기, 생선, 계란, 우유를 판매한다. 축산, 어업 제품이 매출의 상당 부분을 차지하기 때문이다. 그건 한살림이 아니라 한죽임이다. 유불선을 통합하면서 불교의 불살생을 제대로 받아들이지 않았다.

살림의 철학은 한민족 뿐만 아니라 인류세를 살아가는 전

인류가 향유해야 한다. 인도의 '아힘사'*처럼 한국의 '살림'도 세계적인 평화, 생태, 영성 운동의 고유 명사로 거듭날 것이라 믿는다. K-콘텐츠의 다음 블루 칩은 바로 살림이다.

---

* **아힘사** 불살생(不殺生)을 의미하는 인도 종교문화의 중요한 덕목. 살아있는 모든 생물에 대한 불살생·비폭력·동정·자비를 뜻한다.

코코넛 칠리 라멘

✕ ✕ ✕

체한 친구도 맛있어서 먹어버린 맛

READY 생라면 | 표고버섯 | 팽이버섯 | 청경채 | 숙주나물 | 대파
고추장 | 된장 | 생강 | 마늘 | 맛술 | 참깨 | 백후추
코코넛밀크 | 채수 | 참기름 | 맛술

| 버섯 고명 |

1. 팬에 기름을 두르고 썬 표고
   버섯, 팽이버섯, 청경채에 소
   금 후추를 살짝 뿌려 볶는다.

| 라멘 |

1. 깊은 냄비에 참기름, 다진 생
   강, 다진 마늘, 대파의 흰 부
   분을 1큰 술씩 넣고 볶는다.

2. 마늘과 생강 향이 올라오면
   고추장, 된장, 맛술을 1큰 술
   씩 넣어 볶는다.

3. 곱게 빻은 참깨 가루와 간장
   1큰 술을 넣고 볶다가, 코코

넛밀크와 채수를 천천히 부
어 저어준다.

4. 백후추 가루를 살짝 뿌리고
   끓이며 간을 본다. 완성되면
   불을 끄고 숙주나물을 넣어
   살짝 데친다.

5. 생라면을 따로 삶다가, 면이
   다 익어갈 즈음 물기를 빼고
   그릇에 담는다.

6. 면 위에 국물을 얹고, 구운 버
   섯, 청경채, 대파의 초록 부분
   을 잘게 썰어 얹는다. 불 맛을
   살리고 싶다면 토치로 버섯
   위를 살짝 태운다.

버섯에게 큰절을

지
지

버섯이 떨어졌다. 버섯은 채식 생활에 없어선 안 될 중요한 요소다. 버섯 농부님에게 주문을 넣고 며칠 뒤 양양에서 생 표고버섯이 담긴 택배가 도착했다. 기온이 높고 습한 여름철에는 금방 상하기 때문에 얼른 박스를 열어 환기를 시키고 곧바로 손질한다. 한여름에 자연농 재배 버섯이 나오지 않는 이유다.

1킬로의 표고버섯 중 3분의 1은 냉장 보관해 열흘 안에 요리해 먹고, 나머지는 머리와 밑동을 분리한다. 머리는 썰어서 냉동 보관하며 갖가지 요리에 사용하고, 밑동은 얇게 찢어 버섯 장조림을 만든다. 생표고는 수분이 잘 흡수돼 금방 상하기 쉬워 웬만하면 물에 씻지 않는다. 유기농으로 자란 버섯은 흙만 대충 털어먹는다.

그런데 내가 버섯을 좋아한 적이 있었던가? 감자탕, 제육볶음, 된장찌개, 반찬 등 기존에 먹던 음식에서 항상 부가적으로 존재하는 재료였다. 그의 존재감은 탕수육 소스에 들어간 당근처럼 미비해 남기기 일쑤였다.

육식을 끊고 식물성 식재료의 세계를 접하며 가장 먼저 매료된 건 버섯이다. 표고버섯, 느타리버섯, 만가닥버섯, 목이버섯, 팽이버섯, 노루궁뎅이버섯, 송이버섯, 새송이버섯, 양송이버섯, 송로버섯, 잣버섯, 깔때기버섯, 방망이버섯, 뽕나무버섯, 우단버섯, 배꼽버섯, 애기버섯, 부채버섯, 긴뿌리버섯, 먹물버섯, 볏짚버섯, 풍선끈적버섯, 좀버섯, 꾀꼬리버섯, 나팔버섯, 턱수염버섯, 노랑망태버섯… 한국에서만 97여 종의 식용 버섯이 자라지만 익숙한 열댓 가지 남짓만 시중에 유통된다. 버섯 우린 채수의 담백한 풍미를 맛보면 멸치나 고기 육수 따위는 그립지 않다. 원초적인 자연의 무궁무진한 맛을 재발

견할 때마다 채식하길 잘했다는 깊은 안도감을 느낀다.

하지만 사실 버섯은 식물이 아니다. 다행히 동물도 아니다. 버섯은 균으로 분류된다. 어쨌거나 살아있는 생물인데, 그것도 지구상에서 가장 오래 생존한 생물 중 하나이자 조상이다. 그만큼 생태계에서 아주 중요한 역할을 맡고 있다. 생물이 수명을 다하면 균이 사체를 분해해 다른 생명을 낳는 초석인 유기물, 즉 비옥한 토양이 된다. 인류도 6억 5천만 년전 균류에서 갈라져 탄생한 유기체라는 말도 있다. 우리가 음식을 섭취해 에너지를 전달받고 배설하면 거름이 된다는 건 익히 알려진 사실이다. 이처럼 자연이라는 거대한 순환 시스템은 모두 유사한 형태를 띤다.

동물을 먹는 행위는 내가 피울 수 없는 생명을 취하고 순환을 막는 어리석은 짓이다. 채소가 풍부하면 고기는 필요 없다. 인류의 진보와 함께 육식을 중지하는 것이 운명이라고 믿는다. 그러기 위해서 고결하고 건강한 식습관을 가져야 한다. 풍요로운 양분이 축적된 땅에서 자란 식물을 먹는다는 것은, 오랜 시간 지구에 생존하며 저장된 생명의 유전자를 섭취하는 미적, 미각적, 미학적인 의식이다.

버섯의 쫄깃하고 부드러운 식감은 '고기'에 가장 가까워, 고기가 들어가는 요리엔 버섯을 넣는다. 부패한 미각이 기억하는 고기 맛은 곧 양념 맛이기에, 부족함은 없고 자연의 충만함만 있다. 유기농으로 키워 갓 딴 표고버섯을 생으로 먹으면 깊게 배인 참나무 향은 고기 따위와 견줄 수 없을 정도로 매력적이다. '음식'에서 부재하는 '고기'를 버섯이 대체한다는 오해는 마시길. 버섯이랑 고기랑 싸우면 버섯이 이긴다.

버섯은 살아있는 열매다. 노루궁뎅이버섯을 튀기면 치킨같은 감칠맛에 깜짝 놀란다. 표고버섯이 있다면 국물 요리는 성공이 보장된다. 생김새처럼 맛과 효능이 다양한 버섯의 마력은 끝이 없다. 채식하기 전엔 잡채에 들어가는 목이버섯 생김새가 징그러워 입에도 대지 않았는데, 탱탱하고 오묘한 식감에 빠져 요즘 가장 즐겨 찾는다.

네이버 음식백과에서도 채식 식단에 꼭 필요한 식재료로 버섯을 소개한다. 건강한 식단의 이상적인 예로 곡류, 콩류, 계절 채소, 계절 과일, 견과류, 해조류를 골고루 섭취하라고 하지만 나는 균류도 포함한다. 버섯의 종류에 따라 맛과 효능이 다르지만, 영양학으로 따지자면 많은 버섯에 포함된 풍부한 식이섬유는 장 운동을 활발하게 해 변비, 설사, 여드름

등 여러 가지 장 질병을 예방한다. 또한 채식으로 섭취하기 어렵다고 알려진 비타민 B, D 뿐만 아니라 비타민 C, 다당류, 칼슘 등을 공급한다.

동의보감에서 대표적으로 쓰인, 항균 작용과 면역계를 강화하는 약용 버섯도 있다. 중국에서 운지버섯으로 불리는 구름버섯은 버섯 중 처음으로 항암물질인 폴리사카라이드가 발견됐다. 균류학자 폴 스테이메츠의 어머니인 패트리샤 앤 스테이메츠는 12년 전 84세에 유방암 4기를 판정받았는데, 연세가 많아 방사선 치료나 유방절제가 불가능했다. 그가 찾은 모든 의사는 죽음을 예고했다. 그즈음 배스티어 의대에서 구름버섯에 관해 흥미로운 연구를 했다며 패트리샤가 그걸 복용해보면 어떻겠냐 제안해왔다. 마침 버섯 덕후인 폴은 구름버섯을 판매하는 중이었다. 패트리샤는 약물 치료를 시작하며 아침저녁으로 구름버섯 4캡슐을 복용했다. 그 뒤로 종양이 사라진 채 10년을 더 살았다.

균류 다양성이 곧 생물다양성이다. 버섯은 나의 부엌 생태계에 단단히 자리 잡았다. 냉장고에 버섯이 있어야 마음이 든든하다. 버섯은 손질하기도 쉽고 짧은 시간 안에 완성

할 수 있어 요리 초보가 다루기 좋은 재료다. 그는 자연에서 제 역할을 하듯, 어느 요리에 들어가도 무난하게 존재감을 뿜낸다.

버섯 무침, 버섯 전골, 버섯 구이, 버섯 파스타, 버섯 볶음밥, 버섯 덮밥, 버섯 수프, 버섯 김밥, 버섯 조림, 버섯전, 버섯 강정, 버섯 비빔밥, 버섯쌈, 버섯찜, 버섯무침, 버섯 피자, 버섯 리소토, 버섯 초밥, 버섯탕⋯. 균의 사명인 생태 순환을 이루고자 나의 조상 버섯에게 큰절을 올리는 마음으로 버섯을 섭식한다.

균류의 포자를 지닌 버섯은 유기물이 있는 어디에서나 자란다. 식물을 키우는 화분에서도 자라고, 동물의 배설물에서도 자란다. 소를 모시는 힌두교 섬 발리에 살 때 인간 못지않게 소가 많았다. 밤새 비가 오고 다음 날 아침 집 근처 들판에 가면 소의 대변에서 마법의 버섯이라 불리는 실로시빈이 가득 자라있었다.

이 버섯과 관련된 재미난 가설이 있다. 다르마 계통의 종교에서 신성시되는 주문인 '옴(Om)'의 유래에 관한 이야기다. 어느 날 소 대변에서 자란 환각 버섯을 먹고 마법의 세계를 여행하던 수행자가 있었다. 도처에서 '음메~'하고 말하는

소의 목소리를 듣고 진리를 깨우쳤다. 그리고 흡사한 어감의
옴 만트라를 창시했다고 한다.

전버섯

범
선

나는 전버섯이다. 버섯은 나의 호다. 호는 예전부터 이 땅의 양반들이 스스로 붙이던 별명, 활동명, 닉네임이다. 자와 구분할 필요가 있다. 자는 성인이 될 때 어른이 붙여주는 이름이다. 나는 고등학교 3학년 때 학교에서 성년례를 치렀다. 중문학과 교수인 큰아버지 전명룡 씨가 자를 지어주셨다. 내가 태어났을 때 이름을 지어주신 분이기도 하다. 나의 자는 '정하(停河)'다. 멈춰있는 강. 얕은 강은 흐르고 깊은 강은 멈춰

있다고 하셨다. 전정하. 뜻은 멋있지만 고리타분하다. 진짜
조선시대 양반 같다. 그래서 나는 자를 안 쓴다.

나의 본명은 전범선이다. 온전 전(全), 법 범(範), 선 선(禪).
전이라는 성은 아버지에게 물려받았다. 범은 항렬자다. 나
의 사촌 형 이름은 순서대로 전범철, 전범서, 전범찬이다.
따라서 전범선 중 '전범'은 나의 개성을 전혀 드러내지 못
한다. 가부장적인 유교 전통의 산물일 뿐이다. 마지막 '선'
이 진짜 내 이름이다. 친척들은 그래서 나를 '선이'라고 부
른다. 나는 선이라는 이름이 좋다. 선불교, 참선, 좌선 할
때 선 자다. 변호사를 안 하고 예술가로 살기로 결심할 때,
나는 법 범이 아닌 선 선을 따라가리라 다짐했다. 하지만
결국 선도 내가 지은 이름은 아니다. 전명룡 씨가 정해준
것이다. 이름 따라 인생을 살 거면 스스로 이름을 지어야
한다. 나의 운명을 큰아버지께 맡길 수는 없다. 그래서 호
를 짓고 싶었다.

1902년, 서른다섯 살의 안창호는 미국 유학길에 올랐다.
배 위에서 수평선 멀리 보이는 하와이의 웅장한 모습을 보
면서 그는 스스로 '도산'이라는 호를 지었다. 섬 도, 뫼 산. 하
와이 안창호인 것이다. 오늘날 압구정 옆에 있는 도산공원은

하와이 공원과 다름 없다. 안창호는 도산으로 상징되는 미국의 가치를 흡수하여 대한민국 독립을 위해 힘썼다. 이름 따라 산 것이다.

1992년, 열여덟 살의 미국 교포 서정권은 로스엔젤레스의 어느 힙합 페스티벌 무대에서 한인 비하에 관한 랩을 선보인다. LA 폭동 이후 불거진 흑인과 한인 간의 갈등을 풀고 화해하자는 노래였다. 제목은 'Call Me Tiger(나를 호랑이라 불러다오)'. 서정권은 삼 년 뒤, 한국에서 래퍼로 데뷔하면서 스스로 '타이거 JK'라고 소개했다. 그의 랩 네임, 다시 말해 호는 호랑이였던 것이다. 타이거 JK는 머리 모양부터 목소리까지 여러모로 호랑이를 연상시키는 행보를 걸었다.

나는 밴드 이름을 '양반들'이라고 지었을 때, 양반처럼 살고 싶었다. 2013년, 미국에서 갓 대학을 마쳤을 때였다. 서양식 음악을 하면서도 한국적인 영감을 쫓고 싶은 마음이 있었다. 무엇보다 양반처럼 낮에는 책 읽고 글 쓰다가, 밤에는 풍류를 즐기는 라이프 스타일을 원했다. 그래서 지금 가수 겸 작가로, 글쓰고 노래하며 살고 있다.

2018년, 출판사 이름을 '두루미'라고 지었을 때, 나는 두루미처럼 살고 싶었다. 동물해방운동을 하면서 어떻게 하면 인간중심적인 관점을 벗어날 수 있을까 고민할 때였다. 철원에서 직접 두루미를 탐조했다. 고상하고 우아한 모습에 매료되었다. 철조망을 넘어 날아가는 두루미의 자유를 동경했다. 생태주의와 평화주의의 상징으로 이해했다. 두루미가 날아가는 모습을 등짝에 크게 문신으로 새겼다.

2020년, 지지와 나는 오른쪽 발목 바깥 쪽에 버섯 문신을 했다. 커플 타투는 절대 아니라고 선을 그었지만, 둘이 같은 곳에 같은 그림을 했으니 아니라고 보기도 뭐하다. 빨간 갓에 흰 점이 박혀있는 전형적인 형태의 버섯이다. 광대버섯 또는 붉은점갓닭알버섯이라 불린다. 학명은 아마니타 무스카리아. 다들 그림으로 한 번 쯤은 본 적이 있을 것이다. 해방촌 우리집 앞에 용산구청에서 그려놓은 것으로 추정되는 벽화에도 등장한다. 직접 보거나 먹어본 사람은 드물다. 나도 본 적이 없다. 국내에서는 환각 버섯으로 분류되기 때문에 소지만 해도 불법이다. 하지만 인류 역사상 아주 중요한 역할을 한 버섯이다. 힌두교의 경전《리그베다》에 등장하는 신성한 음료 '소마'도 광대버섯으로 만든 거라 추정된다. 광대버섯을 비롯한 몇몇 '마법의 버섯', 즉 사이키델릭 버섯은 인간의 의식을 확장시킨다. 자아를 초월하여 우주와 하나되는 신비로운 체험을 선사한다. 고대 인도, 페르시아 뿐만 아니라 마야 등 대다수 문명의 종교 의식에서 핵심이었다. 최근에는 우울증 치료에 대한 효과가 인정되어 미국 존스 홉킨스 대학 등에서 활발히 연구되고 있다. 네덜란드와 미국 일부에서는 합법화되었다. 나는 버섯의 정신적, 종교적 의미를 담아 광대 버섯을 발목에 새겼다.

오른쪽 발목 안 쪽에는 다른 버섯 문신이 있다. 제일 자주 먹는 표고버섯이다. 채수 끓일 때도 쓰고, 수프 끓일 때도 넣고, 볶음밥 볶을 때도 쓴다. 밑동은 장조림해서 먹는다. 한식에서 필수다. 새송이버섯, 느타리버섯, 팽이버섯도 많이 먹지만 표고를 능가할 수는 없다. 송화버섯이 더 맛있긴 해도, 표고 만큼 가성비가 좋지는 못하다. 다른 거 없이 그냥 후라이 팬에 참기름 두르고 구워서 소금만 뿌려 먹어도 일품이다. 표고 탕수나 깐풍 표고를 먹다 보면 애초에 이 맛있는 걸 두고 왜 탕수육이나 깐풍기를 먹는지 의문이 들 정도다. 채식주의자에게 버섯은 축복이다. 그 향미와 육즙 없이 식물만 먹고 산다면 채식은 너무 심심할 것이다.

버섯은 식물이 아니다. 균이다. 균은 식물과 동물의 중간이다. 버섯에게 육즙이 있다고 느끼는 것은 그만큼 버섯이 동물과 유전적으로 가깝기 때문일 수도 있다. 과일에게도 과육이라는 말을 쓴다. 과일이 식물의 열매인 것처럼 버섯은 균의 열매다. 지구상에는 총 15만 종의 균이 있는데, 그 중 2만종이 버섯을 만든다. 채식을 한다고 하면 흔히들 채소만 먹는다고 오해하는데, 그렇지 않다. 과일류, 견과류, 해조류 등 다른 식물도 먹는다. 뿐만 아니라 아예 식물이 아닌 균도 먹는다. 버섯이 대표적이다. 채식은 동물성 음식을 삼가는 것이지 식물성 음식만 먹는 것이 아니다.

사람이 밥을 먹는 것은 생명을 얻는 일이다. 가장 기본적이면서도 가장 성스러운 일이다. 모든 종교는 무엇을 먹고 무엇을 먹지 말아야 하는지 가르친다. 기독교는 예수의 몸과 피를 먹으라 한다. 유대교는 코서, 이슬람교는 할랄이라는 규율로 다스린다. 불교는 불살생을 가르치며 소식하라 한다. 무언가를 먹는다는 것은 그것과 하나 됨이다. 내 몸 안에 모심이다. 내가 동물을 먹지 않는 이유는 나의 몸을 무덤으로 만들고 싶지 않아서다. 공장식 축산의 현실 속에서 평생 고통스럽게 살다가 죽은 동물의 사체로 나의 몸을 채우는 것은 끔찍하다. 비윤리적일 뿐만 아니라 미학적으로도 아름답지 못하다. 생명을 얻는 일, 다시 말해 사람이 생물로서 할 수 있는 가장 거룩한 의식을 욕보이는 짓이다. 나는 죽은 동물과 하나 되고 싶지 않다. 살아있는 동물은 더더욱 먹고 싶지 않다. 그래서 채식주의자가 되었다.

그렇다면 버섯을 먹는 것은 무엇을 뜻하는가? 균의 열매를 먹는 것이다. 균은 고통을 느끼지 않는다. 애초에 버섯을 먹기 위해 균을 죽일 필요도 없다. 사과나무에서 사과를 따먹는 것과 비슷하다. 죽임과는 거리가 멀다. 버섯을 내 몸 안에 모심은 버섯과 하나 됨이다. 버섯과 하나가 된다는 것은 어떤 의미가 있을까?

지구상에서 가장 큰 생명체는 꿀버섯이다. 미국 오리건 주에는 여의도 크기 만한 꿀버섯이 살고 있다. 나이가 2천 살은 넘는 것으로 추정된다. 지상에 드러난 부분은 자실체, 즉 버섯이다. 지하에 어마어마한 규모의 균사체가 그물망을 이루고 있다. 균은 개체와 전체를 나누기 어렵다. 연결되어 있으면 모두 하나로 볼 수 있다. 땅 위에 따로따로 자라난 버섯들도 사실 땅 밑에서는 하나의 그물망으로 연결되어 있다. 바로 이 버섯 그물망을 통하여 숲 속의 나무들은 서로 물, 질소, 탄소 등을 공유한다. 아기 나무가 영양소가 부족하면 어미 나무가 균사체 그물망을 통해 공급해주기도 한다. 말하자면 버섯이 지하 공유 경제의 네트워크를 형성하고 있다. 균과 식물의 공생 관계다.

동양에서는 버섯이 오래전부터 식용과 약용으로 쓰였기 때문에 평판이 나쁘지 않다. 하지만 서양에서는 버섯이 주로 죽음과 연결된다. 시체가 썩어갈 때 버섯이 피기 때문이다. 균은 동식물 순환의 연결고리다. 동물 사체를 분해해서 식물의 양분으로 만든다. 지금은 내가 버섯을 먹지만 언젠가 버섯이 나를 먹을 것이다. 먹고 먹히는 것이야말로 생명의 순리다. 나는 그 과정이 최대한 아름답고 숭고하기를 바란다. 버섯을 먹을 때 나는 그것을 내어준 땅 속의 균사체 그물망을 상상한다. 그리고 우주 생명 전체의 그물망을 떠올린다. 먹는 의식을 통해 나 또한 그물망에 연결 됨을 느낀다.

서양 근대 문명은 인간을 개인으로 상정한다. 개인(individual)은 더이상 나눌 수 없는 무언가를 뜻한다. 하지만 인간은 원자가 아니다. 말했다시피 한 사람 안에도 무수한 생명체가 산다. 또한 인간은 절대 홀로, 독립되고 분리되어 존재하지 않는다. 거대한 그물망의 일부다. 그물망에는 주체와 객체가 따로 없다. 모두가 주체이자 객체다. 개체와 전체가 따로 없다. 모두가 개체이자 전체다. 인간이 개인이라는 환상 속에 살다보면 전체로부터 소외된다. 인간만을 주체로 보고 자연을 대상화하면 생명을 파괴한다. 오늘날 기후생태위기는 바로 이러한 인간중심적, 개인주의적 세계관에서 비롯되었다. 개인은 없다. 생명의 그물망이 있을 뿐이다. 동양에서는 옛부터 당연한 이치였다. 불교와 도교 모두 그렇게 가르친다.

균류학자 폴 스테이맷츠는 생명의 도를 이렇게 요약한다. "물질은 생명을 낳는다. 생명은 단세포가 된다. 단세포는 가닥이 되고 가닥은 사슬이 되며 사슬은 그물망이 된다. 이것이 바로 우주 전체에서 우리가 보는 패러다임이다." 인터넷과 사회 관계망 서비스의 시대, 인간은 이미 그물망 속에 살고 있다. 스마트폰을 통해 우리는 균사체처럼 연결되어 있다. 문제는 사이버 그물망에 오래 접속할수록 생명의 그물망으로부터 멀어진다는 것이다. 직접 농사를 지어 먹지 않고 어플로 배달시켜 먹기 때문에 밥상 위에 있는 음식이 생명으로 보이지 않는다. 철저히 나와 분리된 사물로밖에 안 보인다. 그것과 내가 같은 그물망의 일부라고 '믿기' 힘들다. 인간은 생명으로부터 소외되고 생명은 인간으로부터 대상화된다.

우리는 현대 사회에 팽배한 단세포적인 우주관을 극복

해야 한다. 나는 버섯처럼 살고 싶다. 인간중심적, 개인주의적 관점을 벗어나 우주 뭇생명과 하나 되고 싶다. 무궁무진한 그물망의 일부로서, 주체이자 객체로서, 개체이자 전체로서 존재하고 싶다. 전범선이라는 개인의 자아정체성을 초월하여 전버섯이라는 지구 생명체로 거듭나고 싶다. 그 시작은 나를 비우는 것일 테다. 하지만 보다시피 내 이름과 호에 관한 이토록 자기중심적이고 자의식 과잉된 장광설을 늘어놓았다. 버섯의 길, 버섯의 도는 멀고도 험하리니.

새송이 버터 덮밥

✕ ✕ ✕

바다의 맛이 물씬 풍기는
비건 관자 요리.

READY 새송이버섯 | 다진 마늘 | 비건 버터 | 쪽파 |
간장 | 맛술 | 현미

---

1. 새송이버섯을 가로로 3-4등분으로 잘라 양면에 격자로 칼집을 낸다.

2. 마늘 1큰 술, 쪽파는 2큰 술 다져서 준비한다.

3. 중약불로 달군 팬에 버터를 듬뿍 넣고, 버섯이 노릇해질 때까지 굽는다.

4. 구워진 버섯을 팬 한 쪽으로 밀어 넣고, 남은 공간에 다진 마늘, 쪽파, 간장 1큰 술을 넣고 섞는다.

5. 마늘 향이 올라오면, 버섯과 함께 볶는다. 맛술을 넣고 양념이 잘 배일 정도로 살짝 볶는다.

6. 보울에 현미밥과 버섯을 얹어 마무리한다.

비거니즘은 살림이다

2017년, 동물권단체 동물해방물결 발족 이후 나는 여러 매체에 비거니즘 관련 글을 썼다. 가장 큰 화두는 '비거니즘'을 어떻게 번역할 것인가였다. 영국에서 시작된 사상과 운동을 한국에 도입하면서 피할 수 없는 질문이었다. '채식주의'는 너무 한정적이었다. 먹는 것에 국한된 문제가 아니기 때문이다. '동물주의'나 '중생주의', '짐승주의' 역시 만족스럽지 않았다. 나는 비거니즘의 본질을 탐구하기 위해 역사를 알아보고, 나아가 여성주의, 생태주의, 평화주의, 계몽주의 등 다른 담론과의 접점을 찾아봤다. 두번째 에세이《살고 싶다, 사는 동안 더 행복하길 바라고》는 그러한 고민의 결과였다. 해답은 동물해방물결의 소 살리기 운동을 위해 강원도 인제에 다녀오는 길에 얻었다. 오랫동안 한살림 운동을 해오신 분들의 도움으로 임시 보호처를 확보했을 때, 나는 깨달았다. '비거니즘은 살림이다.' 살리는 철학이며 살리는 운동이다. 인류세라는 죽임의 시대를 극복하는 열쇠로서 비거니즘은 살림일 수밖에 없었다.

'살림'은 가사 노동을 뜻하는 말로 쓰이지만, 사전적으로는 '한집안을 이루어 살아가는 일'이다. 남성중심 사회는 '살아가는 일'을 여성에게 맡긴다. 장을 보고, 요리하고, 설거지하고, 청소하고, 정리하고, 돌보는 일을 '집사람', '안사람', '안해'가 마땅히 해야 하는 '집안일'로 정의한다. 삶을 지속하기 위해 반드시 필요한 노동이지만 그 가치를 높이 사지 않는다. 어릴적 어머니가 집안에서 담당했던 일은 전부 나를 '살리기' 위한 살림 노동이었다. 먹여주고, 재워주고, 반겨주고, 챙겨주는 일. 무력하고 불안한 아이였던 내가 살아갈 수 있도록 어머니가 베풀어준 사랑이다. 살림의 본질은 삶의 지속이자 생명의 재생산, 다시 말해 사랑이다. 그러한 살림을 여성에게 맡기고 바깥 양반들이 집중한 일은 무엇일까? 살림의 반대인 죽임이다. 생명을 정복하고, 지배하고, 착취하고, 학살하는 일이다. 분류하고, 판단하고, 예측하고, 개발하는 일이다. 근대 문명은 이성의 언어로 육식주의와 가부장제와 자본주의를 지탱한다. 무한 경제 성장의 신화를 숭배한다. 살림을 조금이라도 해본 사람은 순환의 중요성을 이해한다. 살림은 돌려 놓는 것이 전부다. 요리하고 먹고 싸고 치우고 다시 요리하고 먹고 싸고 치우는 일이다. 무한한 확장과 성장을 꿈꾸는 살림꾼은 없다. 뒷일을 감당하기 힘들기 때문이다. 살림을 외주 주고 죽임을 일삼는 이들이 권력을 쥐고 있기 때문에 오늘날 생명 위기가 도래했다. 지구라는 우리 모두의 유일한 집에서 삶을 유지하는 것이 힘들어졌다. 생명이 지속 불가능해졌다.

지구 살림이 지상 과제다. 지구를 살린다는 말을 쓰지만, 정확히는 지구라는 집에서 함께 살아가는 생명체를 살려야 한다. 인간중심 사회는 비인간 존재를 집안 식구라고 생각하지 않는다. 무한히 착취하고 파괴해도 괜찮다고 믿는다. 그러한 믿음이 오늘날 제6차 대멸종기를 초래했다. 이전에도 다섯 번의 절멸이 있었지만, 이번처럼 한 종에 의해서 의식적이고 의도적으로 일어난 적은 없다. 지금의 대멸종에는 절멸보다는 박멸이라는 말이 적확하다. 비거니즘은 인간중심주의를 초월하여 종평등한 사회를 이루고, 모든 동물을 고통으로부터 해방하고자 한다. 인간 뿐만 아니라 비인간동물과도 한집안을 이루어 같이 살아가자고 한다.

비건이 흔히 듣는 비아냥은 '식물은 고통을 안 느끼냐?'는 것이다. 과학자들이 정의하는 고통이란 불쾌한 자극에 대한 중추 신경계의 반응이기 때문에 정의상, 식물은 고통을 느끼지 않는다. 물론 식물도 항상성 유지를 위한 여러 메커니즘을 갖고 있지만, 그것이 척추 동물인 인간이 느끼는 것과 같은 성질이라고 전제하는 것은 지나친 의인화다. 반면 비인간 동물이 느끼는 것은 인간의 고통과 정도의 차이는 있어도 본질적으로 같다. 식물에 대해서도 불가지론을 고수하여 고통을 느낄 수 있다고 가정해도, 채식이 식물에게 피해를 덜 준다. 소고기 1kg을 만들려면 옥수수 12kg이 필요하다. 육식이란 인간이 고기를 먹기 위해 동물에게 식물을 왕창 먹이는 행위다. 중간 단계 없이 인간이 직접 식물을 먹으면 훨씬 효율적이다. 지구는 80억 육식 동물을 지탱할 수 없다. 한 명의 육식 동물을 살리기 위해 수백 명의 초식 동물이 죽어야 하는 것은 자연의 법칙이다. 인류는 지구에서 살아남기 위해서라도 육식 동물이 아닌 채식 동물이 되어야 한다. 잡식 동물인 인간은 육식과 채식 사이에서 선택할 수 있는 능력을 가졌다. 죽임의 밥상을 살림의 밥상으로 바꿀 때다.

육식을 하려면 반드시 동물을 죽여야 하지만, 채식은 식물을 죽일 필요가 없다. 우리가 먹는 과일, 곡식, 버섯 등은 식물과 균의 열매다. 사과 나무는 스스로 재생산하기 위해 씨앗 품은 사과를 만들고 그것을 떨군다. 마찬가지로 벼는 익으면 쌀을 만들어 퍼뜨리고, 균사체는 버섯을 피워 포자를 터뜨린다. 동물은 균과 식물의 과실체를 먹고 그들의 재생산을 도우면서 오랜 세월 공진화해왔다. 사과를 따고, 쌀을 추수하고, 버섯을 수확해도 사과 나무와 벼와 균사체는 죽지 않는다. 잘 가꾸고 널리 퍼뜨린다면 그들의 재생산을 돕는 일이다. 죽임이 아닌 살림이다. 농부만큼 땅에 가깝고 식물과 균을 사랑하는 직업도 없다. 축산업자도 마찬가지다. 소, 돼지, 닭을 직접 기르는 사람만큼 그들을 아끼고 사랑하는 이도 없다. 하지만 동물은 인간이 먹으려면 죽여야 한다. 행복하게 살다가 자연사한 야생 동물의 사체를 주워 먹지 않는 이상, 육식은 죽임일 수밖에 없다. 가축을 가족처럼 먹여 살려왔던 축산업자가 직접 죽이지 않고 도살장으로 보내는 것은 살림과 죽임의 모순을 체감하기 때문이다. 자식 같은 송아지, 병아리를 내 손으로 어찌 죽일까. 반면 농부에게는 수확 만한 즐거움이 없다. 과실을 거두는 일은 동물을 도축하는 일과 본질적으로 다르다. 씨앗 품은 식물의 사랑을 받아서 나누는 일이다.

살림이라는 말은 참 신기하다. 살리는 일을 아우르는 말을 우리가 이미 일상적으로 쓰고 있다는 사실이 다행이다. 다만, 살림을 '집안일'로만 생각하고 여성의 몫으로 치부한 것, 나라 살림과 지구 살림을 집안 살림 하듯이 하지 않는 것이 문제다. 비거니즘은 남성중심주의와 인간중심주의를 넘어서 모두를 살리자고 주장한다. 살림을 정치의 전면에 내세우는 것이다. 소수의 백인 남성 지배 계급의 이익을 중심으로 돌아가는 지구촌 경제를 모든 생명을 위한 지구 살림으로 바꾸고자 한다. 우리는 더 늦기 전에 그래프와 수식을 숭배하는 경제학자보다 살림 100단에게 귀 기울여야 한다.

나도 말은 이렇게 하지만 삼십년 평생 살림을 외주 주며 살았다. 어렸을 때는 어머니가 해주신 밥을 먹었고, 고등학교, 대학교, 대학원, 군대에서는 공공 급식을 먹었다. 나는 하루 종일 독서 삼매경에 빠져 있다가 끼니 때가 되면 구내 식당에 가서 맛난 식사를 했다. 청소는 청소부의 역할이었다.

나는 밥하고 청소하는 것보다 훨씬 중요한 일을 하고 있기 때문에 그러한 노동에 시간을 낭비해서는 안 된다고 믿었다. 이성적이고 고차원적인 일에 집중하려면, 반복적이고 소모적인 손발 노동은 남에게 맡길 수밖에 없었다. 그것이 분업이자 시장 경제의 작동 원리였다. 식당 조리사보다 변호사, 펀드 매니저의 연봉이 훨씬 높은 이유였다. 하지만 정말 법률이나 투자 자문의 일이 밥을 먹고 삶을 사는 일보다 중요할까? 생명을 지속하는 것보다 삶에서 중요한 일이 있을까? 사랑하는 식구와 밥을 나누는 것만큼 가치있는 행위가 또 있을까? 자본주의의 가치 체계가 근본적으로 잘못되었다고 확신한 후, 나는 먹고사니즘을 신봉하게 되었다. 흔히들 요즘 세대의 먹고사니즘을 말할 때, 생계 유지를 최우선시하고 정치적 무관심을 보이는 행태를 떠올린다. 사회적 가치나 사상보다 나의 진로와 직업이 중요하다는 태도다. 하지만 직장 생활을 중시할수록 진짜 밥을 먹고 삶을 사는 일에는 소홀해지는 것이 현실이다. 빨리 대충 때우거나, 밖에서 사먹고, 집에서 배달시켜 먹기가 일쑤다. 참된 먹고사니즘은 밥을 먹고 삶을 사는 일을 최우선시해야 한다. '무엇이 중헌디?'라고 물었을 때, '삶과 살림'이라고 답하는 것이 먹고사니즘이라고 믿는다. 비거니즘과 먹고사니즘 모두 밥에 대한 심도 깊은 고민의 시작이다. 나는 비건이 되면서 먹고사니스트가 될 수밖에 없었다.

이 책은 살림에 관한 에세이다. 원래는 나 혼자 쓰려고 했으나, 살림에 관해 이야기하려면 한집안을 이루어 살아가는 식구들이 함께 등장해야 한다고 생각했다. 그래서 짝꿍인 편지지와 같이 쓰게 되었다. 지지는 살림 100단은 아니어도 99단 정도 된다. 나보다 모든 면에서 살림을 잘한다. 요리 실력이 빼어나다. 나는 어깨 너머로 배우며 매일 같이 연습한다. 함께 저녁을 먹으며, '우리가 저녁을 먹을 수 있는 건 무엇 때문일까?' 질문을 던진다. 동물의 고통 때문이고 싶지 않아서 채식을 한다. 기후위기에 기여하고 싶지 않아서 되도록이면 지역 농산물을 구매한다. 토양을 파괴하고 싶지 않아서 유기 농산물, 무농약 농산물을 택한다. 우리 세 식구의 살림이 다른 생명의 죽임이지 않았으면 하는 마음이다. 모든 집안 살림과 나라 살림이 생명 살림이자 지구 살림이기를 기원한다.

2022년 3월
전범선

비혼이고요 비건입니다

2022년 4월 11일 초판 1쇄 발행

지 은 이 | 편지지, 전범선
사　　진 | 편지지
펴 낸 이 | 서장혁
책임편집 | 이다은
디 자 인 | 지완
마 케 팅 | 윤정아, 최은성

펴 낸 곳 | 봄름
주　　소 | 서울특별시 마포구 양화로161 케이스퀘어 727호
T E L | 1544-5383
홈페이지 | www.bomlm.com
E-mail | edit@tomato4u.com
등　　록 | 2012.1.11.
I S B N | 979-11-90278-99-7 (03810)

봄름은 토마토출판그룹의 브랜드입니다.